鲜花从来不自卑

Xianhua Conglai Bu Zibei

王国军 ◎ 著

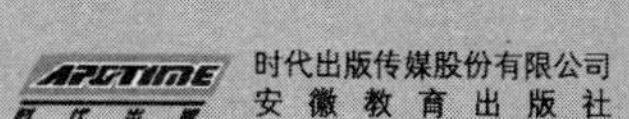
时代出版传媒股份有限公司
安 徽 教 育 出 版 社

图书在版编目（CIP）数据

鲜花从来不自卑 / 王国军著. 一合肥：安徽教育出版社，2011.6

ISBN 978-7-5336-6163-2

Ⅰ.①鲜… Ⅱ.①王… Ⅲ.①随笔一作品集一中国一当代 Ⅳ.①Ⅰ267.1

中国版本图书馆 CIP 数据核字（2011）第 101430 号

书名：**鲜花从来不自卑** 作者：王国军

出 版 人：朱智润

责任编辑：王竞芬 责任印制：何惠菊 装帧设计：朱 锦

出版发行：时代出版传媒股份有限公司 http://www.press-mart.com

安徽教育出版社 http://www.ahep.com.cn

（合肥市繁华大道西路 398 号，邮编：230601）

营销部电话：(0551)3683010，3683011，3683015

排 版：安徽创艺彩色制版有限责任公司

印 刷：安徽新华印刷股份有限公司 电话：5859480

（如发现印装质量问题，影响阅读，请与印刷厂商联系调换）

开本：880×1230 1/32 印张：10.125 字数：220 千字

版次：2011 年 6 月第 1 版 2011 年 6 月第 1 次印刷

ISBN 978-7-5336-6163-2 定价：20.00 元

目录

一　每一朵鲜花都能向阳舞蹈

二　每一颗星星都有一片璀璨的夜空

三　每一步都是整个人生

四　每一段坚持都是深爱

五　没有爱的春天会天黑

一　每一朵鲜花都能向阳舞蹈

每一朵鲜花都能向阳舞蹈

那一年高考，他以一分之差与自己理想的大学失之交臂。在无数劝他复读的声音中，他选择了弃学打工，他希望能靠自己的努力，打出一片属于自己的天地来。

因为父亲不同意，他只好离家出走。一个人，来到了一座陌生的城市，到处碰壁，睡过涵洞，发过传单，甚至差一点为了一顿饭而去行乞。父亲发来信息，希望他能回家，家的大门永远向他敞开。

只是他不甘心，他想既然出来了，就得风风光光地回去，才够体面。后来，他进了一家防盗门公司，做业务推销员。因为人生地不熟，一个月过去了，没有做出任何成绩，他受到了公司上层的多次批评。

他花了两天的时间，把这所城市所有房地产公司的地址都画在了一张草图上，他决定一家家地去找，总会有人接他的业务。但是，他没想到等待他的都是闭门羹。

站在陌生的大街上，他感觉到了无助和绝望，他甚至还记得出门时，老总指着他鼻子说，要是你还打不开市场，就拎包走人吧。

吃了一块冰冷的面包后，抬头看表，已经是下午四点，他站在十字路口，犹豫不决，他不知道往哪条路走，往前走还有一家房地产公司，往右走是他自己的公司。

沉思良久，他还是决定再往前走一步，再走一步，也许机会就在眼前等着他呢。在那家房产公司的门口，他遇到了一个正在扫地的阿姨，一张流汗的脸，旁边还有一大堆垃圾。

他本来是赶时间的，但他还是停了下来，他帮她扫地，他给她倒垃圾。

她说，你是来推销门窗的吧。他说，你怎么知道？她笑了，说最近来这个公司的人，大都是来推销门窗的。她指着偏僻处的一间小办公室说，你去找我们经理吧。

经理正在伏案画着图纸，他说明来意，几乎没费唇舌，就签下了1000套防盗门的订单。末了，经理指着门外说，知道我为什么和你签单吗？看着他愕然的样子，经理语重心长地说，这段时间我们这里正在装修，所以走廊里很乱也很脏，但除了你之外，没有一个人肯低下高贵的头颅，我希望我的合作伙伴，不仅要有实力，更重要的是要有爱和责任心。

几年后，他坐到了公司副总经理的位置，每一年，对新进员工进行培训时，他都要把自己当年的故事拿出来说，他强调，低一下头，多一点爱心，每一朵鲜花都能向阳舞蹈。

让自己的人生拐个弯

他生于中国台湾，家中姐弟三人，他排行第三。母亲是一所中学的教师，从小就对他寄予很高的期望，希望他能成为一根顶天立地的栋梁。

然而，他却十分调皮，是学校有名的"逃课大王"，成绩是班上倒数第一。学校想尽了办法都改不了他的劣性，还是由于母亲苦苦劝说，他才没有被开除，分到了"放牛班"。

13 岁那年，他偷偷溜出来，组织班上的几个"太保"，去山上的丛林"探险"。他们背着书包就出发了，一路上，虽然很艰难，但大家热情很高，都不觉得累。晚上，登到山顶了，一顿狂欢后，才发现少了一个人。

大家面面相觑，最后身为"队长"的他决定一个人下山去找那个队友，此时他几乎变得"一无所有"。更为糟糕的是，他的手电筒也没电了，这就意味着他将得不到任何援助。幸好月光还比较强，他只能顺着山道摸索着下去。

深夜很快来临，因为是山顶，夜里气温从 30 多度下降到零下3度，他感到了明显的寒意，但是他还是咬咬牙，坚持下去了。因为他知道如果找不到队友，那个人就可能死掉。走到半山腰的时候，才发现那个队友，此时队友已经被困在山坳里8个小时。原来当时队友掉队了，掉在山坳里，喊也没人应。

他当即跳下去，用自己的外套裹住队友，把队友推上去。自己却因为上来的时候，体力不支，脚一滑，掉下山了。

当他醒来的时候，发现自己躺在医院里。看着自己的脚上绑着厚厚的绷带，他突然意识到自己可能要一辈子躺在轮椅上，哭得稀里哗啦。他开始变得沉默寡言、自暴自弃，甚至拒绝治疗。

看着儿子的状态，母亲心如刀绞。整天陪在他身边聊音乐、聊人生，但他什么也听不进去，继续消沉。

一天，母亲兴高采烈地跑进来对他说："儿子，今天天气很好。妈带你去枫叶林。好不好?"本来不想去，但看着母亲兴奋的眼神，他勉强地点了点头。

母亲推着他到了枫叶林，若有所思地说："儿子，你看这些树虽然在深秋，但它们依然挺拔。人也应该像树一样成长，虽然历经苦难，但依然挺拔。"

然而，他却感到一股莫名的伤感，看着满地的枯叶想到自己的人生也如落叶一般，不禁落下泪来。

母亲不再说什么，只是微笑着说明天继续推着他来。

第二天一早，看到地面上打着一层厚厚的霜。他不抱任何期望。

然而当母亲推着他到枫叶林的时候，他却傻眼了。树上挂满着火红的枫叶,是那样充满活力。

母亲深情地对他说:“孩子,你知道吗?人的一生也会像枫叶一样遭遇风霜。正因为如此,枫叶才会更加火红,人生才会更加绚丽。只要你有树的种子,即使被压在泥土里,你依然能长成参天大树。没有什么能够阻止你的成长。”

那以后,他像换了个人似的,开始变得积极起来。母亲也咨询了很多医生,为他制定了科学的康复训练。最终,他丢掉了轮椅。

几年后,他从国外留学回来掀起了一股“郎旋风”,他就是被称为“中国民营企业教父”的郎咸平教授。

面对媒体的采访,当被问及为什么会取得如此巨大的成就时,他总是将功劳归功于母亲。

“没有母亲的那句当头棒喝,就没有我的今天。”“可能现在我还在轮椅上呢。是她使我明白了,生活中哪能不遭遇逆境,与其埋天怨地,倒不如让自己的人生拐个弯。这样,人生才会更加绚丽。”

困境的另一面

有个长跑选手拼命地往前跑，可不管他怎么努力，都被别人狠狠地甩在了身后。不久后他突然发现前面一堵长墙拦住了出路。跑在他面前的那些选手正站在下面商量，有的说把大家的衣服都脱下来做成一根绳，有的说组人梯吧，这样或许能过去。

可是墙很高，也很宽。他顺着墙的两侧看了看，便往一侧走，立即有人喊住了他："前面是悬崖，我们都已经去看过了，还是回来吧，我们一起想办法。"长跑选手笑了笑，他看见地上确实有很多新鲜的脚印，走了几分钟后脚印没了，因为旁边立了块醒目的碑：前面是悬崖，来者止步！

长跑选手并没有回头，他依然义无反顾地往前走，一路上虽然遇到了不少坎坎坷坷，但并没有碑文上所说的悬崖。等他绕过墙壁，他惊奇地发现，前面不远处就是终点了，在他的前面只有两个人，而这两个人却坐在地上休息，他使出吃奶的劲，一下子就超越了他们，最终拿到了冠军。

人生中很多时候，我们都会遇到这样的壁垒，有些太强大，我们根本无法克服，如果是这样，还不如设法绕过去，也只有绕过去，再使出浑身解数，才能在竞争中成为领跑强者。

是什么在束缚我们

学校足球队又换了位新教练,摆在他前面的情况是:这是一支从没赢过的足球队,学校领导下了死命令,在今年的大学生运动会上,球队一定要挺进前十名。所有的人对他不抱期望,认为他也会像上一位教练一样,干了三天就不得不卷着铺盖走人。

新教练来的第二天就组织了场热身赛,对手是去年大学生运动会的季军。在上半场的比赛中,球队以零比二落后。中场休息时,教练把大家召集在一起,教练问:"我们要不要放弃这场比赛?"没人回答,大家都懒洋洋地低着头。

教练又问:"韩寒写《三重门》后,当时投了好几家出版社,都退了稿,他有没有放弃?"

没有人点头。

教练又问:"爱迪生在发明电灯前,失败了几千次,他有没有放弃呢?"

所有人都摇摇头,一个还说:"要是他放弃了,就不会有电灯的发明了。"

教练点点头，接着问："要是刘翔来打今天的比赛，在连输 2 球的情况下，他会不会放弃呢？"

所有人再次摇摇头，教练微笑了："那你们应该知道在什么情况该不放弃了吧。"

所有的人都站起来，伸出手来，信心满满地点点头。结果，在下半场比赛中连扳 2 球，最终以 2 比 2 握手言和。

人生中很多时候，不是我们不能成功，而是以前成功的影子束缚了我们的手脚。

人生的乐趣

先说一个大学生，是我姨父的儿子，成绩好，能力也强，毕业之前，还通过了托福考试，就是这么一个前程无限美好的有志青年，毕业后，突然去他叔叔家养起了猪。

一个城市里的孩子，从来没在农村呆过，更没养过动物，可想而知，他的困难有多大。但他硬是挺过来了。挖土，砌砖，盖瓦，一幢150平方米的小院，就这样盖了起来。母亲开着小车来看他，看着他手上满是茧，一张脸晒得黝黑，哭了，母亲说，跟着妈回去吧，我们家不差钱，你何必受这个罪呢。他却执意留下，他说他人生的乐趣就在这里。

他几乎都是每天与猪为伍，忙的时候，甚至连吃饭都是在猪圈里解决的。

以前的同学，没有一个说他不傻的，出国的前程不要，偏要来喂猪，喂猪能发财么，一辈子就萎缩在农村里，这人生还有什么乐趣啊？

听了那些风言风语，男生都一笑置之，三个月后，他的第一批成猪出笼了，因为肉质好，口感强，很快占领了市场。接着，便有不少村民前去询问他饲养的秘诀。他都一一告知，比如怎么最大限度地利用猪圈面积，怎么调配饲料，等等。一年后，他的村子成了远近有名的养猪大村，他也成了赫赫有名的猪王。便有人问他，你当初放弃海外留学的机会，到农村里喂猪，你不后悔？他指着连片的猪圈说，你看，这么多人都因为喂良种猪而发家致富，生活无忧，你不觉得我所做的都是有价值的吗？

他是真心实意到农村里的，他说，虽然与出国相比，这种工作没有光环，但只要能帮助更多的人摆脱贫困，我就快乐了，我觉得值了。

再说另外一个朋友，是个修鞋的。摊子就摆在靠河的街道旁。是个男人，腿有点残疾，他有一女一子。两个孩子都很争气，一个在检察院工作，一个自己开了公司，两个人都想接他过去，他不肯。依旧是清早就把摊子摆开了，半夜才回去。男人人缘也算不错，这几条街的人，都喜欢找他，有鞋就找他修，没事就找他聊聊天，调侃调侃。基本上一日三餐，都有人喊他过去吃。

我都在这里呆了三十年了，这里的人哪个我不熟悉呢。日子久了，也就有感情了，舍不得走。再说，这里的人也都离不开我，要是我不做了，街坊们想修鞋，至少得走十多里路，多不方便啊，所以我就留下了，不是为钱，是为情。

人的活法有很多种，可以自私地活，慷慨地活，无忧无虑地活，但要想活得有价值，我想，应该是在养活自己的同时，也能为别人开一朵花，能让越来越多的人笑逐颜开，这或许才是人生最大的乐趣所在。

日子一样很精彩

前些天，在书架上翻阅一本杂志，其中一幅漫画引起了我的注意，名字叫《西西的快乐生活》，漫画下面有这样一段补白："西西是只笨拙的小山羊，不会奔跑也不会唱歌，它的孩子也是。西西带着孩子们，天天到小山坡看别人怎么奔跑怎么唱歌，日子一样过得很快乐。"

无独有偶，我认识的小朋友中也有一个叫西西的。她 6 岁时得了场大病，肌肉萎缩症，到现在画画和写字都只能靠嘴完成。每个周末我都会去看她一次，每一次我都用轮椅推着她到处逛逛，西西最喜欢的是看小孩子们在广场上玩。一次，我觉得她挺可怜的，便悄声对她说："西西，想不想跟他们一起玩？"

"想。"西西说。

"那我跟他们说，让他们跟你一起玩。"

"谢谢叔叔，不过还是算了，我怕有我的加入他们会玩得不开心。"

"那你看着他们玩，开心吗？"

"开心,看着他们玩就像自己也在玩一样的开心。"

漫画中的那句"日子一样过得很快乐"和残疾小女孩说的"看着他们玩就像自己也在玩一样开心。"这其中的每一个文字,就像一盏闪闪明亮的航灯,照亮了我的心灵:人生就是如此,只要学会了欣赏别人的拥有,就算你一无所有,也照样能把日子过得很精彩。

疼痛也是生活的财富

我有一个朋友，家境比较富裕，也很少受苦，刚进大学的时候她有很多美好的愿望，也一直认为自己能够实现，但进来后她才发现并不是自己想的那个样子，做什么事情都不顺心，4 级没过，兼职做了几天，人家就嫌她专业知识不过关，辞退了她，更要命的是，她高中时的同学，现在的男朋友又另有新欢，离开了她。

于是朋友便感觉非常痛苦，在强大的精神压力下，她一度想到了自杀。

从某种意义上说，人的一生其实是在痛苦的道路上行走，快乐只是达到成功彼岸的刹那，而这个过程也是曲折的，接下来又是另一个起点了，又得面临新的痛苦，新的奋斗到达新的成功，然后又是接踵而至的另一个痛苦，如此循环不息。

我想，朋友的这种心情是可以理解的，关键在于对待痛苦的态度错了位。把痛苦无限扩大，就会陷进泥沼里，甚至会觉得生活对自己太不公平了，万念俱灰，就很容易走向极端；相反把痛苦无限缩小，甚至可以把它看成是道路上的一个台阶，看到了，攀过去，它便成了你走向新高度的基石。

记得曾经有个作家曾经说过：“要么你去驾驭生活，要么生活驾驭你，你的态度决定了谁是坐骑，谁是骑者。”其实痛苦也是一种生活的体验，要想在一生中有所作为，就得学会坦然面对痛苦，也唯有在痛苦的磨炼中才能健康、快速地成长。

与死亡对话

与死亡对话需要信仰。

有一个教授活了 94 岁,也算长寿了。在他生命的最后一年里,他听说气功可以延年益寿,便花重金请来一位气功大师,但大师仅仅只是看了一眼,就退钱走人。大师说,我们学气功的也不能违背自然法则,你的生命旅程已经到头了,该安息了。老教授要离开的时候,喉咙里一直在发着声音,几个子女走上去细听,原来老教授在一遍又一遍地喊着:“谁来救救我,谁来救救我?”

还有一个守财奴临死也不瞑目,直到妻子吹灭了多点的一根灯芯,才肯安然离去。

很多人都害怕死亡,但真正能超然面对的只有几个。听说西方人在面对死亡时表现得非常镇静。我曾在电视上看到过一个镜头,一位年轻姑娘得了不治之症,在她的病房里,亲人们都围着,神情肃然,牧师说:“孩子去吧。上帝会带你到另外一个世界里去,那里没有痛苦,只有欢笑。孩子,去吧,去那个美丽的世界。”于是，姑娘安详地合上了双眼。

这是一种信仰，一个人乃至一个民族，只要心中存着信仰，就能坦然面对死亡，甚至能超脱自我。

年老的曹禺曾经说过，上帝先让人们丑陋，然后使他们不再惧怕死亡。这种说法很机智，也是一种具有警醒之意的潇洒。

年轻的瞿秋白在临刑的刹那，刽子手问他是否要蒙上双眼，瞿秋白淡然一笑，说不必了。然后选了一块有竹林的草地坐了下来，坦然面对枪口，这是另一种潇洒，潇洒得令人五体投地。

我喜欢罗素的一个比喻，一个比喻就把死亡的内涵剖析得清清楚楚，不包含任何庸俗的宽慰。

罗素说：“什么是死亡？死亡就是如大海，大海接纳了江河，又结束了江河。”

从生到死，本是一个循环的过程，是一种“道法自然”的过程。既然是逃避不了，何不勇敢面对。有一位哲人曾经说过：“死亡就是你的朋友，当你生命到站了，他便拉你去聊天了。”说得多么精辟，也令人心旷神怡。

还有一位叫舒瓦斯的社会学教授在他临死前的最后一堂课里也曾这样描述过死亡。他说：有一朵海洋里的小浪花，漂流了无数日日夜夜，突然发现快要撞击海岸。它知道末日即将来临，因此便黯然失神。但当它看到身旁的一朵大浪花面对末日依然高兴，便惊诧不已。

大浪花提醒它：记住，你不是浪花，你本来就是大海的一部分。作为一个浪花个体，它是有限的。但把它作为大海的一部分，它就是无限和永恒的。大海本身就是涌出无数浪花，又扑灭无数浪花的自然过程。

其实人类社会又何尝不是一样。个人的生命结束了,但作为整个人类还在生生繁衍不已。把个人的生命旅程放在整个人类历史长河里,纵使人类社会本身就是制造无数生命又结束无数生命的自然进程。有限也便是永恒。

死亡即是如此。

生活的另一种境界

她是我的大学老师。她的才华,学生崇拜得五体投地;她的善良,学生有目共睹;她的勤俭,学生自愧不如。

这样一个备受学生尊敬的老师,在学校却不被其他教师尊重。系里,不论是年老的还是年轻的,不管是领导还是普通教师,任何一个人都可以对她呼来唤去。办公室的清洁,她包干了;同事要喝水,呼她倒;有任务了,都找她合作。记得,那次在论文答辩会上,她说:“如果能把数据……”另一个年轻老师迅速打断了她的话,完全忽视她的存在。我心里实在憋得慌,换作是我,我肯定会当场发作。而她却满脸恭敬地面向那个老师,聆听着,不时地点点头,无比的虔诚。

我不明白那些老师为什么会这样对她?毕业前的那个晚上,她应邀参加了我们十几个同学自行组织的毕业畅谈会。她是我们唯一请来的客人。我们打打闹闹,有说有笑,回首一起走过的岁月,畅谈人生。看同学们在一起这么开心,她露出羡慕的神色,又黯然了。她向我们道出了一个不为人知的过去。

她是恢复高考后的第一届考生，是大学里出名的才女，不仅有才，容貌也很美。毕业那年，她与自己多年好友争夺一个分配名额。她雄厚的实力、过人的才智，威胁到了她的好友。于是好友导演了一起偷窃事件诬陷于她。本来她是要被遣送回家的，在好友的"谅解"与"宽容"下，无奈的她，来到了这个不起眼的学校。到了这里，她的"偷窃"行为为人们所不齿，她一直默默地做自己的事，也不与人争辩。难怪系里的任何一个老师都对她那么不敬，她却那么谦和，看淡名利，专注于自己的研究。

"你为什么不跟大家解释呢？这对你太不公平了！"

"事情已经发生了，百口莫辩。与其不停地解释，不如让时间去冲淡，保持内心的宁静。"

是的，败笔总是越描越黑，唯有内心的宁静才能处之泰然。其实，很多事情都是这样。与其不厌其烦地逢人辩解，澄清事实，倒不如顺其自然，寻求内心的宁静。或许这就是生活的另一种境界吧！

成功的相对论

一个人去拜访大师，倾诉他这几年的烦恼，他说不知为什么，总觉得自己是一个失败者。

"所以你很悲观，是吗？"大师接着说。

"是的。"那人点头承认。

大师让那人取了一个瓶来，然后倒了一半在碗里，"甜吗？"大师问。

那人尝了尝，然后点点头。

大师又把另一半糖倒在木桶里，那人尝了尝，说有点甜。大师又加水，直到那人尝不到甜味才放下来。

大师坐下来缓缓地说："你所取得的成绩犹如这些糖，而你所能感受到的成功的程度就取决于你比较的容积的大小，所以当你气馁时，你就把比较的容器缩小成一碗水，那样你就觉得自己成功了，而当你自满时，你就把比较的容积放大成一桶水，这样，你发现自己距离成功还很远，需要加倍努力。"

人生的选择

有一次去外地出差，暂住朋友家。

当地有一座千年古刹，我仰慕已久，几欲拜访，朋友便自告奋勇要当我的向导。

来到山下却发现上山的路被巨石挡住了。几位工作人员边清理边告诉我，前几天突降暴雨，发生了石崩。

朋友看着我说："撤吧？"我说："试试。"借着树木，我们在大巨石间穿梭，艰难地走了十几米以后，我们发现，不管怎么努力，都无法前进一步。

只好回到原地，就在准备下山的时候，突然看见一个从山上下来的农民，我像是看到了希望，上前询问。农民惊讶地说："这里的人都知道有这么一条路，难道你不知道？不过有点陡峭，你怕吗？"

我说我是外地人，但我不怕。

我塞给他二十元辛苦费，农民欣然带我上路。

没有一种成功是可以必然实现的，但是只有你敢于攀登你所选择的山顶，成功就会越来越靠近你。

与功利无关

一个文学青年打电话来，说想让我指点一下她的文字。我虽不是什么大师，但一些基本功我还是懂的，于是我欣然同意。

她每个周末都会过来一次，出于客套，每次我都先客气地肯定一番，到最后才挑出几个小错误。

有一次我亲戚病了，我去照顾了一个月才回。她将一篇洋洋洒洒的文章给我看。是篇纪实稿，很长，辞藻也很华丽，但内容却着实假，大，空。

我沉默了，狠狠地将稿件摔在桌上，然后抽烟。

“很差吗？”她惊愕地问，接着她又说起了近况，原来她是为了杂志社的一个高额征文才开始写文章的。

我一听火了，难怪她的文字会那么浮躁，那么虚假。这一次，我没有客气，狠狠地批评了个够。

她哭着走了，整整一个月都没有来，我以为她不会再来了，可是有一天，她带了十几篇文章来，这次，我发现她的文章简约了很多，质量也提高了很多，此后我也不说客套话，净拣文章的缺点来讲。

一个月她的第一篇文章发表了,一年以后她成为某家杂志的专栏作家。

她再次上门来时,我就问:“你是为了名誉而写吗? 如果这样,你成功了,你可以停了。”她摇摇头。“是为了金钱而写吗? 如果这样,你也成功了,也可以停了。”她再次摇摇头。“是为了社会而写吗? 如果这样,你还需继续努力,不过请不要带功利性,否则,你的路会很短。”

她点点头,看着我,眼里一片感动的晶莹泪。

最幸福的人

有个年轻人,一心想干一番大事业。一次,他得到了大师的指点,对面的大山深处埋藏着一处金矿。

于是,年轻人很早就上了路,在从山深处,他总是顺着前人留下的足迹向前跋涉。因为他知道那是最近的路。

但在一座独木桥头,他不得不停止了脚步。桥看起来已经年久失修了,他分明看见不远处有丝断裂的痕迹。他犹豫了,不往前走,在这崇山峻岭中就找不到往对面的路了。他走了整整七天,就要接近目的地了,可要是往前面走,又不知道那桥能否撑住,要是有什么闪失……

他不敢再往下想,可是他又不甘心。他把身体蜷伏在桥上,正想一步一步往前面爬,忽然有人在喊他:前面危险。是个砍柴人。

可到这种地步了,我还有选择么?过了桥,面对我的就是一生享之不尽的财富了,我不想放弃。

见他执意要过桥,砍柴人只是淡淡地说:我每天从这里经过，都会看见一些人想到对面山上去，但都适可而止了。这个时候，你应该想想什么才是你最重要的。

他的心深深地被震撼了。他回头，朝另一个方向下山。后来他成了一个有名的木匠，每次从这里经过，遇着想过桥的人，他都说着与砍柴工同样的话。可有一次他忍不住了，走到了桥头，捡了一颗圆石滚过去，只听见“砰”的一声，桥塌了。他庆幸自己当时的冷静。

人生中很多时候，放弃是一种大智，谁学会了放弃，谁就是天底下最幸福的人。

漂泊的旅程

哥从济南打来电话，问我今年寒假回去吗？哥说他都两年没回家看看了，也不知母亲的头上又多添了几缕白发，也不知父亲的额上又多增了几道皱纹，哥说他每天都做梦，也唯有在梦中才能与家作深情的交流。哥说他毕业后又要远行了，也不知道哪里才是终点，或许属龙的人注定要在外漂泊一生，或许……哥说得很缓慢，也很吃力。

哥和我一样，都是那种为了求学，甘愿远行千里的人。自从大学开始，我们就似乎注定了要在外漂泊一生，越漂越高，也越漂越远。经历了两年七百多个日日夜夜的漂泊，我们相约在今年寒假时一起回去看雪，顺便也去拜访后山里的那棵千年老榕树，也许它的日子过得并不好，也许它孑然的身影拴满了对远方的渴念，也许……连燕子也思念家了，要飞回温暖的南方团聚，我们这些在外漂泊的人难道还要在异乡的旅途中越走越远么？

我无语，那一刻家的感觉在心头正风起云涌。事实上，我并非了无牵挂，离家多少天，我想家就有多少天，家就是我的影子，也只有在家的余温中,我的远行才有不竭的动力。我无法像某些人那样,把漂泊当成生活,当成生存的一种工具,让心在风霜雨雪中流浪,在大地上流浪,日子久了,家也就淡了,纵使心中有一丝牵挂,也被封锁在梦醒的刹那。我做不到,我知道漂泊只是我旅行中的一部分,而家就在生我的那个屋檐下,我的根在那里,我的心也存放在那里。

回家的幸福

火车在一分一秒地前进，家的感觉也在一分一厘地加重。

和父母对视的刹那，所有的语言竟成为多余。父亲赶紧奔过来替我取下沉重的书包，父亲问："在外还好吗？"我点点头。我只是望着母亲，一脸的泪水。母亲喊着我的小名，不停地安慰我，那情形就像小时候我在学校里受了委屈，跑回来诉苦，母亲用粗糙的大手把我抱在膝上安慰我一样。

也不知过了多久，我才止住了眼泪。我说："哥明天才能回来。"母亲轻轻点着头，眼睛里有着掩饰不住的惊喜。母亲开始问我在学校里的生活，等我一五一十地告诉她后，母亲便又说起这两年村里的变化情况。

母亲说："现在种田不要交农业税，还有钱给，大伙的积极性可高啦。"母亲又告诉我父亲承包了两亩地，准备多种些粮食，多攒点钱。母亲说着说着，忽然想起了什么，母亲说："待会吃完饭，你去看看，我把你以前写的那些本子整理了一下，就放在你的书桌上，你看看还用不用得着。前些天，你二舅娘生病了，想买点礼品去看看，可手头紧，你父亲便想卖些书，但你写的那些，我不敢动，怕你有用。”母亲一提起，我才想起来，那时我上初三迷上了写作，便想写一篇长长的武侠小说。当时家里穷没钱买本子，我就到处搜集同学没写完的作业本子，把空白的撕下来，又让母亲订成本子。那个炙热的暑假，我就点着一盏煤油灯，不停地写。暑假过完了，我的小说也完成了，整整六大本，怕有40万字吧。后来还有不少同学问我：“你的那篇小说发表了没？”我笑笑，心想：写得那么烂，怎么可能会发表呢？后来上大学时，我就打电话告诉母亲，那几个破本子，卖废品时就处理了吧，可母亲说：“还是留着吧，留着也能作个纪念。”

吃完晚饭后，我就跑到房间里。母亲已把那几个本子又用报纸把封面糊了一遍。我仔细地翻阅着那些熟悉的字迹，心中不断涌现着母亲在整理这些书稿时的样子。我的心忽地一热，泪水又涌上来。母亲在旁说：“什么东西都可以卖，唯独你写的东西不能卖啊。孩子，那可是你整整两个月的心血啊。”母亲读书不多，识字也不多，但她知道只要是我写的，那价值就不能简单地用钱来衡量了。

“孩子，是不是还有用？”母亲小心地问我。

“妈，当然有用！谢谢你啊！”我用力地点点头，我真想抱住她，大声说，妈妈，我爱你，一辈子爱着你。

我把这些书稿小心地摆在一个纸盒里，就放在床头，我想每天晚上睡觉前，拿出来看看，也不失为一件美事，母亲见我认真的样子，也十分高兴，下楼不断地跟父亲说：“你看吧，幸亏没卖掉，我就知道这些本子留着有用。”

夜深了,我躺在床上,拿起一本看,看着看着,我突然想:“明天哥回来,又会发生什么样的事呢?”

我想,哥的心情一定也和我一样的激动,漂泊在外,可我们的根还是在这里,我们的心也在这里,也只有这里,我们才能找到一份真正的安宁。

掌握好手中的幸福

经常听友人说，幸福只有在失去以后，才觉得特别珍贵，才会后悔当初为何没有好好珍惜。这样的人，会很长一段时间徘徊在自责的废墟里，久久不能脱身。

很多人对唾手可得的感情，比如爱情和亲情，总认为太过平凡，缺乏激情。久而久之，便觉得麻木，想抽身而退，改去追求一种陨石的美丽，认为只有那些如星星、月亮般的光辉才能亘古流芳。

其实，与其选择一种虚无缥缈的追求，还不如精选自己脚边的一块石头，只要用心经营，一块凡石也能雕刻成天下最美丽的风景。

有学者曾经作过两个问卷调查，第一个实验选取一百名学生，问及他们对父爱的满意程度，结果85%的人表示未曾感受到幸福；第二个实验给100名学生两个选项，A选项：一个很平凡的女孩子对你百般呵护，B选项：一个很美丽的女孩子但身后有长长的一个排的追求者。结果，78%的人表示舍去A组，即使大家知道追求的结果是粉身碎骨，但也会对此津津乐道，久久不能释怀，学者称这种现象为“感情厌恶”。

其实，拥有便是一种幸福。美丽就在我们身边，幸福就在我们的手心里跳跃。

幸福离我们只有零点一毫米，弹指可及。

成功，永远只属于执著的人

她是一名中国人，出生在老挝。小时候，她最大的爱好就是看天上的飞机，她一度认为那就是她将来的梦。

10 岁那年，母亲带她去公园玩，她不幸从缆车上摔下来，把手摔断了。医生说康复的希望很小，这意味着她的梦想将从此夭折。在医院里，她开始闷闷不乐，甚至拒绝配合医生的治疗。

为了让她从痛苦的阴影中走出来，母亲几乎天天陪在她身边，和她一起聊音乐，聊人生。有一天早上，她意外发现一只蝴蝶在窗户玻璃上拼命地往外面钻，玻璃很滑，蝴蝶一次次失败，却又一次次往上扑。窗户的上面已经打开了，这时只要它上去 10 厘米，它就可以去外面拥抱美丽的大自然了。

她说："你看，这蝴蝶好执著哦。"母亲反问："那你愿意做这只勇敢的蝴蝶么。"她点点头。母亲说："那我们帮帮它。"只见他从房子一角拿来一把扫把，轻轻地把蝴蝶弄上来点，三秒钟后，蝴蝶飞出去了。

母亲若有所思地说："很多时候，不是我们不能成功，而是没有蝴蝶那种执著的勇气,孩子你明白我的意思么?”她郑重地点头。母亲接着说:“孩子,有一件事,你必须牢牢记住,你什么都可以失去,包括你的美丽,你的财富,但一样不能,那就是你的命运,因为那是掌握在你自己手里的,你只能做你自己的上帝。”母亲这番话在她后来的成长道路上,起了关键的作用。

中学毕业后,17 岁的颜如玉被老挝皇家航空公司录用,实现了她的空姐之梦。但命运并没有对她垂青,在一次飞行中,她的飞机被一发炮弹击中,后来在全体机组人员的努力下,才化险为夷。1978 年,她和父亲移民来到法国。1981 年,希拉克在总统选举中败给社会党人密特朗,不久,她加入了希拉克创建的保卫共和联盟,开始了她的政治生涯。

2001 年,在法国市镇选举中,她脱颖而出,当选为巴黎大区塞纳马恩省艾斯玻利市的副市长,2008 年,她再一次成功连任。

她就是法国华裔颜如玉,这是迄今为止华人在法国政府机关中担任的最高公职。

在记者招待会上,她不止一次提及中法友好关系,她虽从没在中国长期呆过,但她有很深的中国情结,她在亲朋好友中最常说的一句话就是:“我是中国人,我的根在那里,我爱自己的祖国。”有记者问及当年那次意外,她笑了:“这一切都得归功于我母亲,是她教会了我执著,教会了我应该做自己的上帝而不是别人的奴才。”

“所以,一旦树立了志向后我就不会瞻前顾后,即使有风险,也要去实现它。因为,成功,永远只属于执著的人。”

二　每一颗星星都有一片璀璨的夜空

每一颗星星都有一片璀璨的夜空

她一直都觉得自己命不好。3 岁,她失去了父亲,4 岁,她差一点因为出血热而离开人世,5 岁,一场百年不遇的洪水冲倒了她家的小屋,靠着漂浮的圆木,才躲过一劫。8 岁,母亲带着她嫁了一个司机,直到这时,她才觉得自己的运气慢慢好转起来。

于是,她尝试着与继父处理好关系。她努力做一个乖巧的孩子,当她一次次地把母亲给她吃的东西递到继父跟前,继父都不看一眼,只说放在旁边吧。却从头到尾,碰都不碰一下。

读寄宿学校后,每次问继父要钱,他的脸都是板得紧紧地,尽管她努力强装欢笑,但背后,却是抽筋般的疼。六年级,作文题,写和父亲的幸福生活,她交了白卷,老师问她,她说,我的父亲已经死去了,我是个没父亲疼的孩子,所以我一点不幸福,没东西可写。却不想,被继父知道了,那一次,他是真的生气了,拿起鞭子,就欲打下去。她哭着说,你打吧,最好是打死我,我好去找我的亲生父亲诉苦。我会告诉他,你根本没资格做我的继父。

鞭子落在地上,他黯然离去。那一次,是真的刺痛了他,3 个月都没看到他过来。等再来时，他整个人都瘦了一圈。这以后，虽然他对她好了很多，只是这年少结成的心结，早已根深蒂固。

初三时，继父希望她读市一中，她却偏偏选择了一所最差的中学，高三时，他希望她能报考本地的大学，近，彼此都能有个照应。她却偏偏跑到了杭州。他气得跺着脚叹气。

大学毕业后，她选择到贵州支教一年，她本以为继父又会反对，但他听了，只是淡淡地说，一个人在外，万事要小心。

确实是很艰难。她所在的那个小学，在深山里，没电视，没网络，甚至连手机信号都没有。来了3个月，她只给家里打过一次电话，电话里，母女俩哭得稀里哗啦的。母亲说，在外一定要当心啊，你叔叔可担心着你呢。母亲又说，家里的葡萄熟了，你叔叔说要给你留着，舍不得卖。母亲的嘴里开口闭口就是叔叔，她也深知母亲的心意，那么多年了，恨意也早已淡了。

不久后，她突然发现，自己的门外，多了一些野味。她开始以为是学生家长送的，到班上一问，都不知道。后来，几乎每天早上，打开门，都是一碗热气腾腾的辣椒面，那可是她最喜欢的，她的惊讶无以复加。难道是母亲来了，可在这荒僻之地，母亲即使知道，也难以找到啊。

那日，她想下山一趟，从学校到坐车的地方，足足要走一个小时。因为最近经常有人抢东西，她特意选择大清早出发，却还是遇到了，是两个小青年，一把匕首晃得刺眼。她倒是非常冷静，她想据理反抗，没想到两个小青年根本不理她，就欲扑上来。慌乱中，一个人影闪了出来，片刻间，两个小青年被打得人仰马翻。她呆了，那个人不是别人，正是她恨了十多年的继父。

她说，你怎么来了。他讷讷地笑，想你了，就过来看你了。

惊慌失措地回到学校，却发现，学校里所有的门窗都已修补一新，校长站在门口，拍着他的肩膀，说，丫头，你真有一个世界上最伟大的父亲，这么远，居然辞职来陪你，还义务给我们维修。

她张大嘴，你怎么认识我爸爸？

校长笑了，你来不久，他就写信过来了，基本上是一周来一封，信里全是在问你的情况，还多次拜托我一定要好好照顾你，说你在家没吃过苦，任性又不懂事。

她的眼睛里一阵潮湿，顾不得说拜拜，人飞奔似的朝外跑，在村口，看见继父正扶着母亲走上来。

事情的真相，是母亲后来告诉她的。其实你一直都误会你叔叔了，小时候，你给他吃的东西，他都舍不得吃，硬要给我吃，我一直都想告诉你真相，是他不肯。

知道这里有人经常抢劫后，他一直都放心不下，又牵挂着你，于是一合计，干脆到这边来住一年，就当是旅游。

一个真相，让她的心里所有的冰，都在顷刻间烟消云散，暖暖的，这些年，继父并不是不爱，只是这种爱，多了几分理性和沉默。

她忽然想起小时候和继父去看电影的情景，两个人就走在满天星斗的夜空里，她说，妈妈说，每一个孩子都是星星变的，我想我肯定是那颗最大最亮的北斗星，那么你呢，你要做什么呢？他说，那我就做那片璀璨的夜空吧，因为有我，才有你的美丽与精彩。

原来,整整 18 年了,他一直都在做那片璀璨的夜空,千里万里,也遮盖不了一个父亲如海般的爱。

因为爱，回家的路不再漫长

他是有名的调皮鬼，打架、逃课、赌博，无所不为。

那个夏日的黄昏，和往常一样，他和班上两个同学放学后，没有回家，而是去了附近的网吧，没有位子。

“我知道还有个网吧，只是有点偏僻，在春和路。”一个同学建议。

“那好哇。”两个同学齐声赞成。

三个人径直向右拐，走了三条街道，他犹豫了一会，还是进去了。

他们进了网吧，才发现一分钱都没有，三个人就尴尬地站在那，他们的前后左右立刻围上了几个彪形大汉。

他冲伙伴耸耸肩，然后猛地一推，趁着对方后退的间隙，他们拔腿向外跑，后面的人紧跟着追上来，在春和路的尽头，他们被截住，三个人吓得蹲在地上，不敢言语。

正在这时，他发现，在他的前面，一个瘦高的身影移了过来。雨点般的拳头抡下来时，他们没感觉到疼，因为在他们前面，隔着一堵瘦高的墙。刹那间,他愣住了,泪水涌了出来。

他们从墙里爬出来,拼命地跑,半晌后他们才停下来,长长地舒着气。一个同学拿出烟,每人分了一支点燃。“大哥,接下来我们去哪啊?”

他看了看两个同学,然后举起左手,拍拍他们的肩膀,郑重其事地说:“抽完,我们就回家。”

旁边的同学不解地问:“为什么啊,好不容易才出来耍一次。”

“因为,”他望了望来的方向,一字一句地说,“我们,不能再让父母为我们操心了。”说完,他朝春和路走去。

那堵墙已经不见了,他还愣愣地站在那,两个伙伴推了推他:“你到底怎么啦?”

他转过身来,看了看两个伙伴,突然掏出身上那包烟,扔在地上,踩得粉碎。

“走吧,回家去?”他语气坚定。

两个人相互看着,面面相觑。

“你们知道刚才那个替我们挡拳的人是谁吗?”

“谁?”

他看着两个伙伴,扬起手,突然狠狠扇了自己几个耳光:“刚才那个人,是我的父亲。”他声音哽咽了,“现在,他就在家里等我,他还在担心着我。我已经让他担心十几年了,我不能……”他踏步向家里走。

读书的这几年,他很少回家,他一直觉得没有母亲的家离他很遥远,直到如今,他才醒悟:因为爱,回家的路不再漫长。

拐个弯，看到爱

从小，他就失去了父亲，是母亲含辛茹苦把他抚养长大，对他来说，母亲就是他一辈子的依靠。大学毕业那年，他响应学校号召，去了贵州一个贫困小山村支教，这一走就是三年。操劳过度的母亲，不幸患上了高血压、颈椎炎、胆结石、甲亢等多种疾病。

每次住院，他都胆战心惊。因为路途遥远，他没办法赶回家，就只好在电话这头苦苦守望。有时，母亲一住就是两三周，他紧张得饭吃不好，觉也睡不好。晚上，他常常做梦，梦见他和母亲一起在鲜花满地的公园里散步，母亲不停地喊他的乳名，“牛娃子，牛娃子”，喊一声，他就幸福地应一声。醒来，泪打湿了半边枕头。

三年后，他通过公务员考试，成了省里一名政府官员。他的工作也就更忙了，一年到头，难得回家。母亲也不说，只是握着他的手，嘱咐他要好好做，多为人民办实事。

忽然有一天，他听家乡的表哥说，母亲到后山采药，不小心掉下去了，他的心一急，当时就昏厥过去。医生说，他这是劳累过度，再加上急血攻心所致，要多注意休息，调整心态。半睡半醒中，他忽然看见母亲来看他，不知怎么的，母亲突然生气了，扭头就走。他一下子就醒过来，拔掉输液管就拼命往外跑。

从医院到火车站，整整十里路，他是一路跑过来的。奔到候车室，苦苦找寻，却并不见母亲的人影。他颓唐地坐在地上，赶来的下属告诉他实情，他这才明白自己不过是在做梦。

一周后，表哥告诉他，母亲摔断了腿，现还躺在医院里。他再也没犹豫了，找到领导，恳求能调回老家。领导劝他，你有着大好前程，留在这里对你发展有利，要是回到大山，忙活一辈子也出不了头啊。

他说，人有时候，拐个弯，才能让别人看到你的爱。

他走得很急，因为他知道家中的老娘需要他，贫穷的大山也需要他。泪眼朦胧中，他隐约看到了大山深处那一片温暖的家园。于是，他挺直腰杆，义无反顾。

偷点时间给父母

好几次,我都听见朋友的父母给他打电话的时候,他总在说忙,没时间回去。而真相是,朋友宁愿把时间花在睡觉看报纸上,也不愿意回到那个贫穷的小山沟。

他和我是从小玩到大的朋友,我们一起逃学,一起在生意场上闯荡,最后都住进了同一个小区。他就住在我的对面,一抬头,我总能看见他在阳台上睡觉的模样。

那次,朋友小孩 6 岁生日,我们去祝贺,他父母也来了。老父老母都在厨房里忙碌着,而他却悠闲地搓着麻将。好几次,老母亲用粗糙的手,给他倒茶,想和他说几句话,他却厌恶地转过头去。

又有一次,我们决定回老家去,去找他,他在阳台上正晒着太阳,他说,我正忙着呢。而事实是,受金融危机的影响,他的生意一落千丈,几乎已无事可做。

我能理解,一个在山沟里受够了苦的人,发达以后,往往会嫌弃那个山沟,甚至不想再踏进大山半步。只是何以连生他养他的父母,他也嫌弃,难道,仅仅是因为他们的穷酸?

忍不住问他,他却信誓旦旦:“我从没亏待过他们,每月的生活费,我都按时打过去!”真想好好批评他,而父母的电话却偏偏在这个时候打来。

母亲说:“玉米给你们准备好了,鸡也杀好了,只等你们回来了。”我说:“公司里还有点事,等忙完了,就回来。”挂好电话,我又对他说:“我得走了,我不能让父母等得着急。”

朋友纳闷地问:“不是说还有事么?怎么现在就走?”我微笑着说:“是啊,父母已经够辛苦了,我只是想偷点时间让他们多乐乐。哪个父母不希望被自己的儿女们天天放在心里,挂在嘴边?你再想一想,如果我说是请假或者说因为挂念着他们,提前忙完了,他们会怎么想?”

朋友若有所悟地说:“他们一定会很高兴,因为儿女们是如此重视这份亲情。”我点点头:“是啊,同样是回家,为什么不选择一个更让父母开心的方式呢?其实,父母们的心愿不多,一个微笑,一句安慰,就足以让他们心满意足。”

我又拍拍朋友的肩膀:“父母给予我们的,我们永远都无法偿还,但我们可以多做点小事让他们感受到我们的牵挂。比如,多打几个电话,多回去看看,至少我们是能做到的,你说是不?”

朋友低下头不说话。

朋友的公司陷入困境,是在我回来后,因为投资不当,朋友亏了,欠银行的一大笔钱,也必须限期归还。他到处借钱,缺口还差十万。

那段时间,朋友真是急疯了。他甚至想到,把自己的房子卖了。于是，我忍不住把消息告诉了朋友的父亲。

没想到，第二天，朋友的父亲就提了8万元钱过来。他说：“这十年来，儿子给的钱我一分都没动，都给儿子存着。”他还把家里所有值钱的都卖了。

那一次，朋友抱着他的父亲，哭得稀里哗啦。

再一次回家，朋友突然给他父亲打个电话，说忙完家里的事，就回来，然后带着妻女，乐呵呵地坐上了我的车。

于是，在这之后，我的脑海中便经常浮起这么一幕：在那个美丽的早晨，在大山里，我们牵着父母的手幸福地朝前走，在后面，是两个红领巾飘飘的孩子，我们的笑声一浪高过一浪……

陪你再走两百米

她和奶奶一起相依为命，她从没见过她的爹娘。只是听说，妈妈在她两岁那年，得了场大病，在医院输血时，不小心感染了艾滋，为了怕传染给她，一个人偷偷走了，爸爸去追，也一直没再回来。

奶奶住院的那段时间，正是她高三最紧张的复习阶段。但她仍坚持每晚来陪她。从学校到医院不远，但是必须得经过一条小路，两百米长，两边都没房子，全是树。一到晚上，显得阴森可怕。听说，这里出过好几起案子。

就因为这个，奶奶不让她来。可是以她家目前的情况，连支付昂贵的医药费都成问题，更不用说请人照顾了。很自然的，她想到了退学，而且这种想法越来越强烈。

她没告诉奶奶，她只是认为这是解决问题的最好办法。那天中午，她去看了一下奶奶，回来，却突然发现学校的大门旁坐了个女人，她脸上蒙着面纱，手里拿着一本书。

下晚自习，她出来，那个女人也跟着她走，保持着二十码的距离，不紧不慢。她不知道那个女人在那里干什么，甚至不知道那个女人叫什么名字，好几次，她停下来想问，女人也停下来，她走，女人也走。

之后每天，她都看见女人坐在那，直到她晚自习下课，她才起来，收拾好凳子走，在她进入医院后，转身离开。

后来，她知道女人就住在学校后面。她从没有和那个女人说过话，她觉得女人是在有意躲避和自己交流的机会。但是有一点，她很清楚，她再不害怕，甚至还对那个女人产生了好感。

连续几天，她没看见女人，她忽然觉得不习惯，下晚自习出来，她站在马路上，心像被掏空了一般。

脚步声响起来，她停下，她分明看见那个女人，正一步一步地走过来，步履迟缓，她很想去扶，可她知道，女人是不会接受她的好意。

头一次，她把步子如此放慢，也是头一次，她有了一种被幸福拥抱的感觉。

就当她最后一只脚跨出这条小路的时候，她分明听见了沉重的落地声。转头，她已倒地。她跑过去，女人却喊住她："不要过来，我有艾滋，我怕传染给你。"

她忽然想起她离家出走的妈妈，她毫不犹豫地说："我不怕。""可是我怕！"女人大声说。

女人接着喘了口气："你相依为命的奶奶是不是病了？"

"是。"

"你是不是想到了退学？"

"是。"

“你还恨你妈妈吗?”

她拼命摇头,眼睛里湿湿的。

“听我说,”女人又喘了一口气,“我这辈子没为你做过什么,没有尽到做母亲的责任,我一直都觉得愧疚于你,我……”

女人连续喘了几口气:“我可能再也不能陪你了,我走后,请把我和你那苦命的父亲葬在一起,他的骨灰,就放在我租的房子里。”

她再也忍不住了,“哇”的一声哭了出来,她紧紧抱着女人,而女人红润的脸蛋开始黯然失色:“明知道身体不好,你为什么还要出来啊?”

“只是想陪你再走两百米。”女人静静地说,头开始下垂。

她大声喊妈,可是女人再也听不到了。泪眼模糊中,她觉得她的整个世界,都被一颗爱心温暖了……

那个在网上人肉营销的人

认识他，是在我经常去逛的一个论坛里。他就在那里发帖，比如如何鉴别真假货，如何选择买家。好奇之下，我打开了他的帖子，就这样聊了起来。后来才知道，他和我住在同一个小区里。

之后的日子里，我一直关注着他。他总会给我一点惊喜，比如他会问我，你知道什么叫“六度分离”理论吗？见我惊讶，他只好自问自答，所谓“六度分离”，是说世界上任何两人之间最多通过 6 个人就能联系起来。这看起来非常奇怪，但科学研究发现，这的确是事实。比如他又会说，你知道什么叫“人肉营销”吗？简而言之，就是利用自己的人脉关系，帮别人推荐网店产品，从而获得提成。

和他聊天，很多人都会认为他是一个职业网客，但实际上不是，他只是一个大二的学生。有时候我很纳闷，怎么不去好好读书，却在网上瞎折腾，不过，我并没有轻看他，这样的男生，至少是我喜欢的类型。

他在网上的每一个帖子，都会引来众多的跟帖，很多人都说他的帖子专业而细致，为网购的人节省了不少的时间，但有的人也认为他是在作秀，是在炒作自己，但不管怎么样，他红了却是不争的事实。

于是，大家都叫他“淘客男”。

后来听说，他之所以去做网络兼职，是因为他的母亲。他家境并不好，为了供她读书，母亲一天到晚地忙碌，一不小心就病倒了，是急性动脉硬化，虽然最终脱离了生命危险，但需要很长一段时间进行调养。为了赚足母亲的医药费，他找了几份兼职，但仍然不够，在朋友建议下，他便当起了淘客。

他告诉我，第一个月他共成交了 487 笔，提成收入 3458 元。动动键盘，收入就这么高，我感到十分惊讶，好奇之下，我决定去他住的地方看看。

进去时，他正在紧张地忙碌着，电脑桌面上显示出很多排列有序的 word 文档，他告诉我，他每天都会在电脑中保存几十甚至上百条网店信息，之后再分门别类进行筛选。我问：“那你岂不是天天都要起早贪黑?”他点点头说：“五点就起来了。没办法，以前人肉营销的人很少，现在成批成批地增长，所以竞争也越来越激烈了。”要离开时，他突然说：“我准备做一个网站，祝我成功吧。”我说：“你一定会成功的。”他笑了笑，目光飘向远方，在他的眼神里，我看到了一种熟悉的表情，那叫坚持。

一个月后，他突然来找我，笑得很开心：“借你的吉言，我成功了。现在有几十万人收藏了我的网站，很多朋友在网购前都会来我的网站看看，这个月我拿到了一万多元的提成。”他从口袋里取出一本书说:“也没什么送给你的,这是小时候,父亲送给我的《钢铁是怎样炼成的》,我一直珍藏着,现在我送给你,略表我的感激之意。”

从那以后,他经常会来找我,我们一起谈人生,谈理想,谈创业。他说,等母亲的病好后,他准备和几个志同道合的朋友组建一个淘客团队,以获得更大的发展空间。我完全相信,像这样有主见、有思想的人绝对不会被尘世所淹没。

两周后,就听说了他母亲出院的消息,而且有几家网络公司也纷纷向他递出了橄榄枝,但都被他委婉地拒绝了,他觉得自己还年轻,还处在积累经验的时候。他说,做网络营销还仅仅只是个开始,等毕业了,他要建立属于自己的创意公司。

还有什么好说的呢,我只能远远地祝贺他,并且支持他。一个刚刚大二的学生,就以网络证实了自己营销的能力。在这个人肉搜索的年代,他用自己的智慧和勇气,一步步坚持下来,也走出了与别人与众不同的路。这样的年轻人,无论是他的胆略,还是他的眼光,都值得其他人效仿。

是的,这个世界上并没有不可成功的事,只要敢想敢做,并且脚踏实地地去实践自己的理想,一点一滴地累积,一天一天坚持走下去,终究能走出属于自己的一片艳阳天。

就比如在网上人肉营销,就比如他。

幸福，从来就不曾离开

他以前总抱怨自己的命不好。自他记事时起，就一直没见过母亲。据说，她是厌倦了小山沟里的穷日子，一个人悄悄地走了，连声招呼也没打。父亲却从没责怪过母亲，默默地拉扯着他。13岁，他有了新的母亲，他也想努力讨好。只是他的后妈，打一开始就很讨厌他，稍不顺心就棍棒加身。父亲实在忍不下去，就带着他回到乡下的老家。他开始念书，很用心地念，从初中到高中，他一直是全校第一。后来，他考进一所自己梦寐以求的高校。拿到录取通知书的那天，父亲哭了，苦了这么多年，终于看到希望。他找了一份好工作，也有了女朋友，虽说对方家境不是太好，但是个很孝顺的姑娘。她对他说，咱们把爸接来一起住。他就对父亲说，爸，咱们的苦日子终于熬到头了。他忽然觉得幸福离自己那么近，伸指就得。但不幸的事还是发生了。那天，他和女友去健身中心，却突然昏倒在地。去医院检查，是急性白血病，需要紧急换髓。那一刻，他哭得快疯了，精神到了崩溃的边缘。他的人生才刚刚起步，他的抱负还没施展，此时却已走到生死边缘，望着年老的父亲和未过门的妻子，他作了一个痛苦的决定。他的脾气变得越来越差，动不动就骂她。她却逆来顺受，始终贴身照顾。为筹集医药费，父亲急得白了头发，他在病床上望着来回奔波的父亲，眼里满是泪水。他突然发狂地去拔输液的针头，被眼疾手快的她死死抱住。她哭着说："你这又是何苦呢?"他说："我不想再连累你们。"为怕他再做傻事，以后每次输液，她眼睛都不敢眨一下。可就是这样无微不至的照顾，并没有换来他的感谢。相反，他对她越来越讨厌，父亲对她的态度也急剧恶化，经常恶语相向。终于有一次，她无法再忍受，哭着跑了。父亲以为她不会再回来。却没想到，一周后，她又回来了，手里还带着一张房屋转卖的契约。他的手术如期进行，等他醒来的第一天，她却悄悄走了。父亲没有说，他也没有追问，他欠她的实在太多，一辈子都还不清，她有权利选择她的道路，无论是留下或离开。一周后，她带着泪水又回来了。原来，她的母亲脑溢血突发，她才迫不得已回去，幸亏没出大问题。看到这些，父亲再没说话，只是默默地把一本日记交给她，没读几行，她已是泪流满面。"今天是她走的第一天，她走了，我的心也跟着走了。如果不是怕对不起年老的父亲，我真不想在这个世界上再多待一天。""我们又没结婚，不能再拖累她了，于是我和爸爸商量了一个办法，就是赶走她，她终于中计了，我不知道是不是该替她庆幸，但我的心很痛。""想不到她又来了，真是打不死的程咬金，其实我的心里很高兴。因为她对我实在太好了，所以我要振作，我要自救，我要重新过上我们曾经向往的幸福生活。""她又走了。没说原因，很多人都说她是因为责任留下来的，现在我的手术完成了,她也可以没有顾虑地走了。但不管怎么样,我都相信她,我会等她,不松手,不放弃,人生的路有多长,就等多久。"她抱着日记本,幸福地哭了。他的愤怒、他的用心良苦、他的等待,这一切都是因为爱。正如她回老家去卖房,正如她对他的贴身照顾。这些爱,才支撑着他们战胜一切困难,一步步接近幸福。他说得对,不松手,不放弃,幸福才唾手可得。后来,他们经常出现在市区的公园里,微笑写在每个人的脸上。是的,他们的确是生活在幸福中,因为善良和坚持,幸福从来就不曾离开。

那些无法忽略的爱

终于决定要接母亲一起来住。母亲一直住在乡下,自从我来到这座城市工作,我们三五年才能见上一面。或许因为思念过多,母亲的白发也越来越多。

也许是想珍惜这难能可贵的相聚机会,母亲来我家之后,表现得尤为谨慎和小心。碗总是摆得整整齐齐,地总是拖得干干净净。母亲本是个粗线条的人,做事不太讲究,要做到这些,真的很不容易。看着母亲忙碌的身影,我心生愧疚,想去帮忙。母亲笑着说:“你呀,别瞎搅和,看书去,乖。”我只好闪到一边。记得小时候,我还可以跟在母亲的屁股后,摆摆碗,或者整理好筷子……只是现在,旁边已经没有我可以做的活儿了。想到这些,我的眼睛一下红了,哽咽着说:“妈,让您过来,真是委屈您了。”母亲轻轻敲我的额头:“傻孩子,妈只有你这么一个依靠了,妈做这些高兴还来不及呢。只要你们都好好的,妈就知足了。”

可是母亲的勤快也遇到了麻烦。因为不识字,也没见过电脑,母亲在收拾我房间的时候,也顺便把电脑也清洗了一下。妻子是最早发现这个问题的,以为是孩子玩水枪溅到的,就大声地斥责起儿子来。母亲不知道是发生了什么事,赶忙跑过来问。等问清楚了,母亲的脸一下子红了,尴尬地说:“是我弄的,我看它太脏了,就忍不住用水擦了擦,想不到,好事都变成坏事了。”妻子还想说什么,被我用眼神止住了。我把母亲拉到一旁说:“妈,电脑是不能用水擦的,一旦水进入电脑里面,就会把机器烧坏。应该用酒精擦。”母亲听了,很自责。

可是第二天上午,母亲提着拖把,又准备上楼。被心细的妻子一把拦住:“妈,您老应该多休息。以后像拖地擦洗这样的小事,就由我做好了,您去看电视。”妻子又笑着说,“妈,您要是觉得无聊,可以去邻居家学打牌嘛。”说着,不由分说地把母亲拖到了房间里。

母亲果真下楼了,但她只是“安分”了一天。之后,我们就经常听到母亲的叹息声,接着母亲也不去邻居家了,整天不停地在我们身边走来走去。有一天,母亲突然说:“这里已经没我的位置了,我看我还是回老家吧。”我心一紧,连忙说:“妈,是不是儿子有什么地方得罪您了,让您不高兴了,我改。”母亲犹豫了一会,才说:“妈从小就是忙的命,你们突然不叫我做了,妈不习惯。这些天,我一直都在想,你们是不是嫌弃妈老了,不中用了?”我的眼睛一红,低声说:“妈,我错了,您以后想干嘛就干嘛。我只求您能住下来,让儿子能和您天天说话聊天。”

我的母亲,一个大字不识的母亲,却将儿女的事,哪怕是很小的事,都铭记在心。看来,能为儿女奉献自己,就是母亲最大的快乐。愿天下所有的儿女,不要忘记这份容易忽略的爱。

家有一只青花罐

自从叔叔退休后，他每天都要到书房，把家里的那只青花罐擦了又擦。我忍不住好奇，问叔叔这个宝物值多少钱？叔叔笑了，说这只青花罐是无价之宝，然后给我讲了下面的故事：

故事从爷爷说起。爷爷是个军人，参加过远征缅甸的战争，后来与部队失散，随后流落在缅甸。3年后，爷爷娶了当地一名华人后裔，也就是我的奶奶。爷爷一直想回老家，但路途太远，爷爷也没有多少积蓄。叔叔20岁时，爷爷病倒了，为了筹钱给他治病，家里卖光了所有值钱的东西，但离昂贵的手术费还有很大一段距离。在无奈之下，叔叔只好把家里的一只青花罐拿到了古玩市场。虽说是个赝品，但如果不是行家，无法看出破绽，为了给爷爷筹集医药费，叔叔也只好出此下策了。

叔叔在古玩市场站了三天，由于价钱卖得太高，根本无人问津。那天晚上，叔叔正准备离开，突然有人拍他的肩膀，是个美籍华人。你要卖这个罐？叔叔说，是的。毕竟这是个赝品，没说两句话，叔叔的脸红了。中年人边把玩着青花罐边和叔叔攀谈起来。中年人说,他来自美国,叔叔是个收藏爱好者,这次他来缅甸是专门来帮叔叔收集青花瓷器。叔叔呆了,沉思了一会,他突然说,其实这个窑罐……

中年人拍拍叔叔的肩膀,又说,我知道,你一定是遇到难题了。可是我手头没带这么多现金,这样吧,我先交一部分定金,明天再来找你。

第二天中午,叔叔刚从医院出来,意外地碰到了中年人。中年人兴高采烈地说,我找你找得好辛苦啊,钱我已经带来了,货呢?

叔叔咬着嘴唇说,实话告诉你吧,这是个赝品,不值那么多钱。中年人呆了一会,然后笑了。叔叔惶恐不安地摊手说,可你的定金我已经给医院了,我暂时没法偿还,这样吧,这个青花罐你拿着,等我凑到了钱,我再赎回来。

中年人突然提高了声音,不,我买。叔叔诧异地说,赝品,你也要买?是的。中年人眼睛湿润了,这青花罐虽然是个赝品,但在我的眼里它就是无价之宝。所以,我情愿再加1000缅元。叔叔心怀感激地收下了钱,然而爷爷还是没有挺过来,在一天后不幸去世。按照爷爷最后的遗愿,他的骨灰将送回老家安葬。

在临行之前,中年人再次出现了,他手里拿的正是那个青花罐。中年人说,我听说了你的故事了………离开之时,叔叔和中年人相拥而别。

不久后,叔叔就回到了祖国,并在老家成家立业。时间一转眼就过去三十年了,叔叔却一直忘不了那些温暖的日子,总是不停地把那只青花罐擦了又擦……

你的宽容都给了谁

我 5 岁时,她会把上山时偷的一块红薯悄悄放在我的手里,我 10 岁时,她会因为我怕下雨而天天背着我上学,我 20 岁结婚时,她会到处夸耀我找了个好老公,我 30 岁时,她总会把种的西瓜都留着,静待在外工作的我归来,直至西瓜都烂了,才不舍地扔掉。

别人说,你就是你妈妈心中的一块宝,她心中想着的,只是如何对你好。可我知道,我永远都无法等价地去偿还这份爱。

常记得母亲挂在嘴中的一句话:“我现在对你这么好,等我老了,你也会这样对我吗?”我如实回答,我不能。她会为了我想吃香蕉而走上三十里路,我不能,她也会为了我想吃玉米,而种上一亩田,我不能。是的,在父母与儿女这架天平上,永远都无法平衡。

不仅不能,我们还在挑剔他们的爱。不仅没有耐心听他们的电话,而且会因为一两句牢骚而粗暴地挂掉电话,我们会像没有教养的鸭子一样,在他们眼中毫无顾忌地释放自己的愤怒和歇斯底里。

忽然想起一件事，早上去上网，我和网友约定了 8 点钟视频，起来时都已经 7 点半了，我抓了一个苹果就想跑，母亲却想让我吃了早饭才走。因为她知道我这一去，就是两个小时，而有胃病的我总是太容易饥饿。

明明她是一番好意，我却莫名地言辞激烈，抽身而去。再回头看母亲，她站在那，泪水涟涟："你是越大，脾气越坏了。十年前，你不是这样的。"

我知道母亲是说的什么事，那一年，我在读中师，母亲提了一篮子鸡蛋来看我，我让母亲待在我的寝室。结果，她在整理我床铺时，不小心打翻了放在柜子上的水，也弄湿了半边床。

母亲小心翼翼地向我赔罪，我不忍心责怪她，我说："没事的，一瓶水而已，这个世界上没有东西会比我爱你更重要。"怕她还伤心，我接着开导，细语安慰。那个晚上，我和母亲就靠在半边床上，紧紧地拥抱在一起。

从此，每年我生日，她都会提起这件事，她总说，我是她最心疼的女儿。而现在，母亲没犯错，我就这样气急败坏，急躁粗暴了，真难想象，要是她真错了，我又会如何待她？我不禁要问自己，我的宽容到底给了谁？为什么，我们总是对朋友太仁慈，而对亲人太残忍，难道这一切，只是因为我们血脉相连？又或者是我年纪越大，对母亲的耐心也越差？

忽然悲从心生，我想是我错了，而且是大错特错。我决定向母亲道歉，只因为我本是一个宽容的人，大度，热情，而又彬彬有礼，面对亲人，更应如此。

博爱无私的奶奶

我一直都不喜欢我的奶奶。3 岁那年,我大病,吃了很多药,都没效,迷迷糊糊之间我听见奶奶对我母亲说,要不扔了吧,再领一个。奶奶以为我听不见,也就是从那个时候开始,我开始痛恨起她来。

奶奶有个小摊子,闲的时候,她总会来幼儿园来看我,有时她就摸着我的头说,你告诉奶奶,你是不是不喜欢我?我摇摇头。奶奶又说,那你为什么都不喊我呢?我扭开头,不说话。于是奶奶长长叹了口气,一步一回头地走了。奶奶留下的东西,我不动它,下次奶奶来看我的时候,发现那些东西还在,她摸了根烟出来,默默地抽着。

读初中后,我开始学会调皮了,常做些奶奶不喜欢的事情。比如奶奶不喜欢喧哗,我就带很多朋友回家,然后留下一地狼藉等她去收拾,看着她弯着腰、艰难地收拾,我的心头忽然涌起一阵快意。

有一次,奶奶去二姨家,奶奶问我喜欢什么,我脱口而出:张飞牛肉。奶奶回来后给我带了整整十包，我就当着她的面，把包装拆了，然后把它放在狗盘里，我侧头偷望，发现奶奶用手悄悄地揩泪，那一刻，我心里说，要怪就怪你当初为什么想把我扔掉。

看到奶奶伤心的样子，我心里格外开心，所以只要我在外面受了什么委屈，我就回来拿她出气。

初三的时候，我已经懂得爱美了，看着同学们都买漂亮的衣服，想了想，我决定回来找她，我知道她一定会答应。她给我买了套漂亮的西服，我知道她花了多少钱，已经尽力了。她把西服递过来的时候，一直望着我，也许她在期待我喊她一声，也许这一直都是她的愿望，可是我没理她，拿了衣服就迫不及待地跑到同学家里去炫耀了。

我上大学后，离开了家。每次打电话，母亲都说奶奶很"惦念你，整天嘴里挂着你的名字"，然后问我要不要跟她说会儿话，其实奶奶就坐在旁边，我心虚地低下头，没说话。那时，我已经20岁了，长大了，对奶奶的恨也淡了很多，可是我鼓不起勇气和她说话。

知道事情的真相，是在大学毕业之前，父亲来看我，说起了我3岁那年，家里那头小猫病了，奶奶给它吃了很多药都没吃好，无奈之下，奶奶只好把奄奄一息的小猫放在了树上(家乡风俗，病死的猫都得放在树上)。原来是我听错了。那一刻，我忍不住哭了，我也真够傻的，竟然恨了她这么多年。我不敢告诉父亲真相，我只是说，我一定抽空回去看她。

大学毕业后，我去一家杂志社做业务员，整日在外奔波，根本没有时间回家，在电话里，母亲说奶奶的身体越来越差，却一直挂念着我，开口闭口都是我的名字。

终于有一天，我向老板请了几天的假，回到了那个生我养我的小镇，奶奶知道我要回来，早就把房子打扫得干干净净，天天在路口等我。我给她带了很多好吃的东西，她接过来，感动得热泪盈眶，那几天奶奶显得格外兴奋，逢人就说，她孙儿多么孝顺。只是我没想到，奶奶这么健朗的身体，说病就病了，而且是一病不起，医生说她的病，都是抽烟惹的，后来我又知道，奶奶之所以戒不掉烟，跟我有很大关系，是我的年少无知，害了她。

得到奶奶病危的消息，我赶紧乘飞机回来，只是她已经走了，弥留之际，她说她最大的心愿，是能听我喊她一声"奶奶"，就为了这两个字，她一直拖着最后一口气，直到我跑过去，握着她的手，泪眼滂沱地喊声奶奶，她才安心地闭上了眼睛。那是我最后一次见她，她养育了20年，我却只陪了她一分钟。

小时候，她经常教育我做人要踏实，要坚强，直到今天我才发现，其实我一直都在听她的话，只是我心里不愿意承认而已，这个我恨了二十年的老人，一直以来，都在默默承受着我给她带来的伤害，一直以来，都在用她的博爱和无私，影响着我，也是这份大爱，才塑造了我现在的幸福。

奶奶，你是我胸中永远的依靠。

老爸老妈的心愿

打从工作开始,父亲就很少到我这里来。父亲老说,路太远,一把老骨头经不起折腾。我知道,那是父亲的托词,他是不想影响我的工作而已。

久了,也就习惯了,没有父亲唠叨的日子,我的生活照样多姿多彩。

五一节前夕,心中突然闪出一个念头,那半年没见的父亲,不知是否还好?我对妻子说,我们回家去看看吧。刚收拾好行李,门便响了,开门,是父亲。

本想回去给父亲一个惊喜,没想到父亲反倒给了我意外。见到我,父亲把我上下打量三遍后,舒了一口气说,还好,没瘦!这时,我才注意到父亲后面有台电视机。

我知道他是走过来的。

我埋怨父亲,我说电视机你放在家里,我去给你修,你抱这么远,不累啊?父亲搓着手就笑,这不五一节快到了,知道你们城里人在乡下待不住,我就想把电视机修好,多挽留你们几天。

我惊讶地望着他，这个背朝黄土脸朝天的中年汉子，心思何时变得细腻起来了。眼里一热，我连忙说，爸，你进屋休息，我去修。

刚出门，母亲的电话便来了，母亲说，你爸啊，也真是，这些天都在念叨着，等不到你们要回来的消息，他那心放不下啊。你得担待点，不要嫌他烦啊。

想起这些年都没主动回家看看，心中忽然酸起来，我连忙说，妈，你也来住一阵吧，你媳妇都想吃你做的花糕了。电话那头传来一阵笑声，母亲说，来了，我怕会影响你，让你操心啊。我说，哪会啊，我明天就开车去接你。

第二天，父亲很早就一个劲地嚷，电视机修好没，你们快起来看。后来发现我们还躲在棉被里偷睡，父亲就讪讪地笑。下午，下起了大雨，但想起自己的承诺，我还是义无反顾地向前走。

村前，茂密的树下，有个人打着伞，翘首盼望。是年老的母亲。难怪，家里的电话打不通，原来，她早在这等我们了。连忙让母亲进车，才发现母亲的衣服全湿透了，我羞愧的眼泪一下子就冒出来了，我说，妈，儿子不孝，这么久都没来看你们。

母亲笑笑说，这是哪里话。我和你父亲现在最大的心愿，就是守着这个家，平平安安地过日子，不让你们操心。妻子连忙插嘴，妈，以后我们一起过日子，天天过五一，再也不分开了。

晚上，外面还在刮风下雨，屋子里却出奇的温馨和安详。我想，过去常常问自己幸福是什么，到现在我才明白，一家人团团圆圆在一起，看看电视，说说笑笑，和和睦睦，这应该就是人世间最大的幸福了。

外婆的烟

外婆的烟瘾之大，在村里是出了名的，小时候的我，很淘气，经常会爬到外婆的膝上玩，不知被外婆的香烟烧了多少次。

小时候，外婆的生活还是挺充实的，外公去世的时候，给她留下了一套祖房，外婆就在门前屋后种了很多的菜，有时也会担些去市里买，好攒些钱买烟。但后来，大舅成家了，便说要用这块地皮，又许诺会给外婆一间。房子建成的时候，是给了母亲一间，却是用来堆放柴火的杂屋。外婆只好忍气吞声地住着。我去看望外婆的时候，也和外婆住一起。常常是半夜醒来，就看见外婆躺在床上，并有一股一股的香烟味浸润在夜色之中，那是外婆失眠了，靠着吸烟来维持心里的平衡。那时，我知道外婆所受的苦有多深。

那时，外婆的气味是由汗烟和风油精、清凉油混合而成的，是一股淡淡的清新的气味，很好闻。外婆每天都起得很早，雄鸡高唱的时候，外婆就背了把锄刀去地里干活，那锄刀柄已磨得又滑又亮，隐隐约约地能照出人的影子来。外婆在那两块小小的土地上种上了很多小菜，对她来说，那就是她的生活之源。而每年国庆的时候，外婆就背着篓子去地里捡茶籽。到了入冬的时候，我父亲过来挑茶籽，外婆就会说："把这些茶籽打成油卖了吧，也好换些烟叶。"我望着那成袋成袋的茶籽，心中感慨万千。我知道烟和劳动，是外婆的命，而家和亲人，是她生活的一部分。虽然外婆的地位在大舅家里显得若有若无，但毕竟大舅是她的孩子，是她的心头肉。

转眼到了外婆 80 大寿的日子。老是一个很真实却又是人们不愿谈及的问题，我们一家人去祝寿时，也是说她如何的年轻，并祝愿她能长寿百年，外婆只是抽着烟，笑笑。后来外婆说："我也不想什么百年，老了就意味着死亡，这本来就是无法避免的事，我只是想能在烟香陪伴中走完这个人生，也就无憾了。"对老和死亡这两个词后面的意味，我也是从外婆的香烟里体会到的。

刚过生日的外婆也曾经高兴了一阵子。外婆没读过书，她就把读书的希望放在我们身上。而我和哥哥也不负外婆所托，外婆生日那年都考上了大学。外婆的脸上浮现了久违的笑容。

但很快外婆就沉寂下去。外婆被大舅赶了出来，外婆拎着她的行李，就在旷野里坐着。那天晚上有极亮的月光，一直照亮着，外婆惨白的面孔和重重萦绕在她身上的轻烟，我就坐在她的身旁，一直陪到天明。那个寂静的夜晚，外婆整整抽了十包烟。

外婆后来被好心的二舅收留了，才有了一块安身之处。外婆因为长期吸烟，导致了身体免疫力的急剧下降。有一次她得了场大病，医生再三告诫她不要吸烟再增加身体的负担。我去看望外婆时,也总是提心吊胆的,生怕哪天灾难突然就降临到外婆的身上。但外婆从不为戒烟松口,也从不说什么。

二舅也劝外婆戒烟,我和母亲也常劝外婆戒烟。

后来我哥考上了山东体院的研究生,我去外婆住的地方告诉她这个好消息。外婆就躺在走廊的椅子上,阳光将她的脸照得很白,仿佛一泓碧波,深深地照亮了她无法遮掩的哀愁,她的手不停地在虚空中抽动着,只是没有烟。

我的心倏地一痛,脑海中也泛起这样的意念:当一个老人被生活边缘化了的时候,当她感到孤独、寂寞、疲劳的时候,唯有根烟在手,才可唤起她对生命的渴望,就仿佛婴儿习惯了母亲的怀抱,在那里才可找到甜蜜的微笑。从此,我不再劝外婆戒烟。看轻烟袅袅从外婆小小的天空里升起的时候,我知道那是外婆在思考生命。

生命里的一双雨鞋

在我的木橱柜里摆放着一双小巧的雨鞋。当然，它不是纯粹意义上的雨鞋。而是一双割掉了上部，可以当皮鞋穿的雨鞋。

闲暇的时候，我总会穿着它在卧室里走来走去，走着走着，心中便充满了无限温情。

那是我读初三的事了。当时家里穷，我们没能力买皮鞋穿。每天早晨，我就穿着双旧军鞋，背着黄褂布的书包，踏着满地的露水匆匆赶往学校。

从家到学校要经过长长的田间小路，自然每一次军鞋和裤子上都沾满了露水。湿湿的、冷冷的感觉令我很不好受。

可我不敢跟母亲说，我怕她难过。她的日子已过得很艰苦了，我不想再给她增添什么负担。

雨鞋家里是有的，但已经破了好多个洞，穿出去也会让人笑话，何况益阳的春天两头冷，中间热，穿双厚厚的雨鞋也不合适。

一天，我顶着小雨赶回家，军鞋和裤子裹满了黄泥巴。我的小脸皱得很难看。母亲为我拿了条裤子，我就冲她嚷："妈妈，你什么时候给我买双皮鞋啊?”“皮鞋?”母亲的脸一下子落寞了。“现在家里穷得连包盐都买不起,哪还有钱给你买皮鞋啊。”母亲的话里透着无奈。在我的记忆中,母亲是头一遭用这样的语气与我说话。她是不愿意埋怨生活的,或许她心里也曾埋怨过,只是不愿意表露出来,她只想给我们展示其阳光的一面,仿佛那些风风雨雨,经母亲的手一抖,便有了明媚的味道。

刹那间,我的心立即被母亲的话撼动了,我突然痛恨起自己有这样荒唐的想法,我陷入深深的自责里,不再说话。母亲也不说话,像是在埋头思索些什么。

晚上的时候,我点燃煤油灯,正在看书。母亲突然一脸灿烂地走进来,“漂亮吗?”她把一双割掉了上部分的雨鞋给我看。“哇,妈妈,是你买的么?”我惊讶且兴奋地说。“要是觉得可以,就拿去穿吧。”母亲笑着回答。我赶紧换上,又在屋子里走来走去,立即有了一种轻飘飘的感觉。“真合脚!”我神气地说。“我把你那双破了的雨鞋稍微加工了一下,这样你每天穿着它,就不会把脚打湿了。”母亲望着我说。我突然敬佩起母亲的聪明,这样的好主意也亏她想得出来。母亲又把煤油灯举起,好让我能看清这双雨鞋。我看见,母亲的眼里闪着光,如水的灯光,我想这该是母亲给予孩子的一种对生命喜悦的欣赏吧!

我凝望着母亲充满爱意的神态,我的心里也激动了整整一个晚上。

第二天,我穿着这双雨鞋早早去了学校,也许是我特意的展现,立刻引来了伙伴们的一片啧叹。

“你穿的是皮鞋么?”

“新式皮鞋。”我抬起头，十分肯定地回答。

“哪里买的？”

“是我母亲做的！”我自豪地说。

“你母亲好厉害哦！”伙伴们一个个流露出羡慕的神色，我开心地笑了。这就是我的母亲啊，一个生活在极端贫困中的母亲，却用她的身体力行，一直教导着孩子如何品味着生活里的清凉和甘美，引导着孩子如何树立乐观的人生哲学，这是何等的用心良苦啊！

自此之后，我每天都穿着那双当皮鞋穿的雨鞋上学，直到炎炎夏日，我才依依不舍地脱下，对母亲说：“妈妈，明年我还穿着它上学。”

母亲摸着我的小脸，说：“你想穿就穿吧！”

如今，这双雨鞋早已经退伍了，我却一直舍不得扔。我把它小心地保管着，我知道保存起来的不再仅仅是一双雨鞋，而是一种至深至纯的人性之爱。

母亲的忍让

这世上的女子分好多种，母亲属于最能忍让的那种。在我们看来，母亲的忍让，已非一般意义上的称谓，而是必须上升到一种哲学的高度来仰视，才能真正理解其中的甘甜与快乐。在我的记忆中，从没见母亲跟人红过脸，吵过架，她总是用惯有的一种笑脸来面对任何人，任何事。记得小时候，我们要是在外面受了委屈，跑回来投诉时，母亲总会说：一个巴掌拍不响，想想你自己，或者站在别人的角度来思考这件事，你觉得自己有没有错？说实在的，这话听起来不中听，但事过一想又不得不承认母亲的话很有道理。母亲从不愿在家里讲别人的是非，她思索更多的是自己不是的地方。母亲的这种忍让哲学与现在流行的“各人自扫门前雪”或者说“为了金钱可以连亲人，朋友也能捅几刀”的人生格言可谓背道而行。但母亲并没有被生活边缘化，相反的是，她以她的行动赢得了更多人的尊敬和喜爱。

因此，在母亲的这种人生哲学影响下，我们在为人处事中，考虑更多的是别人的感受、别人的利益，而非自己。事实上，这种人生态度,在现实中往往是最吃亏的,但显然母亲对吃亏有她独特的见解。她说,人嘛,活一辈子,不就是图个快乐么,只要心里踏实了,吃点亏也没什么的。

只要是周末,我的家里总是坐满了客人,乡亲们都愿意到这里来坐坐。以前穷的时候,就带把扇子过来乘凉,聊些风花雪月的故事。而现在条件好了,日子富裕了,乡亲们来得更勤了,或者讨论着哪个地方的煤矿又发生了灾难,死了多少人,说得一脸沉重;或者讨论着取消农业税所带来的实惠,说得一脸灿烂;也或者是四五个人围成一个长城,打打麻将什么的。

母亲为此还特意买了一包上好的铁观音,每人都泡一杯,又依次在桌上放着瓜子、花生之类的零食。父亲是个不吸烟的人,但母亲总会叫他买上一包,依次装。因此,每次客人走后,母亲总要仔细地扫扫一遍。母亲却从不埋怨,她永远是笑脸相迎,笑脸相送,仿佛这一切都是她应尽的义务似的。

我不知道母亲为什么这样好客,有一次我曾认真地问她,每个周末您都是这么忙,难道您就不烦?母亲笑了,母亲说:"烦什么?别人到我家里来,那可是看得起咱们啊。人生一辈子,不就是图个热闹么,弄得冷冷清清的,又有什么好!"我不再说话,只是静静体味着母亲这句话的意思。过去我常认为,人生的意义是体现在显赫的位置和辉煌的成就上的。看着一脸微笑的母亲,我突然悟到:那些平凡过着生活的人,那些以微笑演绎生命规律的人,也许更能昭示出人生的价值。

母亲不仅对乡亲是这样,对我们所带来的年轻朋友们也一样的热情。母亲像对自己的儿女般欢迎着他们。有一段时间,我和哥都把自己的朋友带来了，家里简直就变成了一个娱乐中心，唱歌的、跑舞的、打牌的，什么都有。

母亲就笑呵呵地在厨房里忙碌着，有几个朋友去帮忙，母亲就跟他们聊人生，聊快乐，说得几个朋友都肃然起敬，那模样就像是学生在仔细聆听老师的讲课一样。后来几个朋友还特地专程来拜访母亲，说在母亲这里一天学到的，比他们读书十年所学到的还多。这当然有些夸张，但他们对母亲的尊敬，却是由衷的和真挚的。

吃了晚饭后，朋友们觉得不好意思再打扰，要离去。母亲就会一个一个地挽留，直到你死心塌地留下来，母亲才轻轻放下握住你的手。我记得，那时母亲脸上堆满了舒展的笑容，连声音也特别的洪亮。在这种慈母般的关怀下，我们这些年轻的朋友们觉得很有面子，住了两三天，有几个甚至不想走了。值得一提的是，其中有一个刚失去母亲的女孩索性便认了母亲做干妈，母亲自然是万分高兴，她不嫌她的儿女们少，她只是怕她对儿女们的爱不够深。

母亲便是这样的人。她的一生没有大风大浪，也没有太多的精彩。她只是一个默默用欢笑洗濯岁月的凡人，然而就在这日复一日里，母亲却用她独立的人格，为我们编织着世界上一块最坚实的土地，也正是因为站在这块土地上，我们才有了今天向着高峰攀登的台阶啊。

而现在，我们都有了工作，有了自己的事业。母亲依然是村里最热情，最善良的女性。有时，我们也会接母亲来小住两天，但在热闹里待惯的她总是嫌我们这里太清静。母亲说着这话的时候,总是一脸的微笑,就算在委婉批评我们时,母亲也惯用这样的表情。有几次母亲听我们非议单位的领导和同事时,便会说:“孩子啊,做人可不能这样啊!”我说:“现在都什么年代了,一味的忍让只会让别人觉得你好欺侮,老实人吃亏。”她说:“人嘛,活一辈子不就是图个快乐么,只要心里踏实了,吃点亏也没什么的。”话还是以前的老话,只是在母亲面前,我们都没有反驳的勇气。

其实对我们来说,最大的幸福,莫过于能得到父母的真情,那种幸福是世上最美丽也是最永恒的。

由于工作的关系,我远在异地,但母亲的那番话给我留下了刻骨铭心的印象。我常常思索她的话,也试图努力向母亲靠齐,但是我知道,我是永远达不到母亲那个高度的。

说好中秋就回来

父亲老是这样，一碰到什么节日，就迫不及待地想让我回去，生怕少看几眼。

星期日，我和公司的几个同事正在外面吃饭，父亲的电话又来了："儿啊，你什么时候回来啊？"当时聊得正欢，我信誓旦旦："中秋节回来。"挂了电话，也就没再想这件事。

等了几天，父亲的电话又来了："中秋节只有两周了，你什么时候回来。"我笑："爸，不是还有一周么。我一忙完了，就回来了。对了，橘子熟了吧？"父亲在电话里笑："熟了，熟了，都摘了等着你回来呢。"我笑："我就知道爸最好了，什么事都向着我。"

离中秋的日子越来越近，父亲的电话也越来越频繁，中秋节前三天，父亲的电话又来了，父亲说："你今天就表个态，今年中秋你到底能不能回来？"望着手里的一大堆事情，我有些无奈地说："爸，你就不要再烦我了，等我有空了，我就回来。"电话那头没有说话，半晌后唯有一声长长的叹息。

晚上，突然有敲门声。是父亲，背着一麻布袋橘子。我连忙帮父亲提进来，又替他擦汗，我说："怎么这么晚过来了。"父亲说："你妈见你不回来了，怕橘子坏掉，便让我送过来。"

我想留父亲过夜，可他摇摇头说："你妈还在家里等我，我得回去交差啊。"从家里到这里，骑车要两个多小时，何况还是晚上，见我担心，父亲笑着说："我走惯夜路，没事的。"父亲说的是事实，我读大学那几年，下完晚自习后都是父亲接我回去的。

我不知道，父亲一个人在这漆黑的夜里颠簸两个多小时，是什么感觉，但我知道，那橘子吃在嘴里，甜在心里。我没忘记回家的约定，第二天早上，我匆匆处理好公司的事情，借了辆车回了家。

本来想给父母一个惊喜，谁知刚到门口，就听见里面有说话声。在后屋的院子里，摆着一张石桌，三副碗筷，父母端坐其中，父亲说："儿子是看一眼，就少一眼，可是有什么办法呢。他太忙，回不来，我们就不再等了。"父母端起酒杯，朝空杯碰了一下，父亲说："这第一杯酒祝儿子事业节节高升。"

我再也忍不住了，跑了进去，我大声说："爸爸妈妈，我回来了。"父亲惊讶地说："你真的回来了，太好了，我们等了你整整5个中秋节，你终于有空回来了。"我含着热泪说："我怎么会忘了这个温情的约定呢。"我举手端起杯子，一饮而尽。

酒一入喉，温暖而芬芳，像父母的爱，饱满、深沉，品一口，便能回味终生。

我帮父亲佩戴党徽

父亲今年 60 多岁了，他年轻时参加过对越自卫反击战。记得小时候，我经常坐到他的膝盖上，缠着他讲自卫战争的故事，那些战火纷飞的记忆，就在我的脑海里盘旋萦绕。

我想当一名像父亲一样伟大的军人，这是一个梦，一个从听父亲讲故事时就开始做的梦。

大三那年，军分区正好到学校来征集新兵，我毫不犹豫地报名了，并顺利通过了政审和体检，当我把这一消息告诉父亲，电话那头，父亲兴奋地说，孩子，是真的吗？你没骗我吧。由于太激动，父亲几次语无伦次。

那年冬天，父亲把我送到了军分区。一路上，他昂起头，用标准的军姿向前走，临别时，父亲从身上摸出一枚奖章。那是父亲在战火中冒着生命危险抢救回 3 名伤员的奖章，此时通过父亲温暖的手，传递到我的手上。我知道，此时，这枚奖章对我和父亲都有着非凡的意义，我需要它来激励志气，而父亲，也希望他的儿子将比他走得更远，更辉煌。

入伍以后，我每周都坚持给父亲写一封信，我知道，那是父亲所期待的。听母亲说，父亲每到周六都会去街上等邮递员，来了信，父亲就在客厅里大声地读，很自豪。要是家里来了客人，父亲会不厌其烦地谈论我在军队里的故事。父亲却不知道，在我心目中，父亲才是真正的英雄，一直都是我学习的楷模。

入伍第二年，我入了党，当我打电话给父亲，父亲却出乎意料地沉默了，我的心狠狠地颤抖了一下，我突然明白了父亲的梦想。于是，我对父亲说，爸，你也可以申请入党。父亲立刻兴奋起来，真的吗？可是我连一个大字都不认识，党会要我么？我说，会的，你不认识字，我可以教你。

那个时刻，我希望能帮助父亲入党，那是我唯一报答他的方式了。

那年，我从部队转业回来，当了一名警察。我开始利用休息时间教父亲读书写字，父亲也学得非常认真，等父亲填了入党申请书后，父亲激动地说，我现在是党员了吗？我可以去交党费了吗？弄得我一阵脸红，原来父亲是如此强烈地希望入党。

参加党校培训的那阵，我是陪父亲去的。父亲认真地听着，我就帮父亲做笔记，回家后我再逐一给父亲讲解。

知道父亲成为预备党员的消息，是在 6 月底，一年后，他和其他几个退伍军人举行了神圣的入党宣誓。

当父亲捧着党徽回来，我郑重地帮父亲佩戴上了，我想，那枚寄托着父亲多年信仰和梦想的党徽，是我们今年收到的最贵重的礼物。

两个人的旅程

儿子和父亲一起上了路。

山路陡，雾很浓，儿子小心地扶着男人，男人有条腿不好使。

过了半晌，男人轻轻问儿子，饿不？儿子摇摇头，反问男人，你饿不？男人长长地叹了口气，没说话。

男人和儿子刚从他姑父家出来，整个冬天他们都是在那里度过的，现在姑父从外地回来了，他们又得开始新的旅程了，可下一个站口会在哪里呢。男人不知道，儿子更不知道。男人昨天给最后一家亲戚打了电话，电话里亲戚把话说得很绝，男人只好无奈地挂了。

不过有一点，男人可以肯定，儿子是饿了，一路上他不时东张西望，希望可以发现一些别人剩下的食物。

那一天特别特别的冷，两个人就走在孤独的山路上，寒风一阵一阵从山口冲进来，吹得男人的心发疼。不远处，传来了阵阵鞭炮声，过年了，男人在心里感叹。

我想吃肉了，儿子指着鞭炮声传来的方向说，儿子已经整整

3个月没尝肉味了，男人叹了口气说，等会，等到了山那边我就去借！

一路上父亲滔滔不绝地跟儿子说话，看着儿子不停地点头，他放心地笑了，男人在一个山坡上停下了，那边有个鼓鼓的塑料袋，凭经验他知道一定是路人扔下的馒头，他像一阵风似的奔了过去，因为路那头有只狗也跑了过来，男人把塑料袋紧紧抓在手里，又拣起石头赶跑了狗。

吃吧，孩子，还是热的。男人把塑料袋递过来，兴奋地说。我不饿，你吃吧。儿子轻轻地推了回去。我抗得住，孩子，还是你吃吧！男人微笑着说。

真的？儿子望着塑料袋，吞了口口水，儿子把塑料袋拿过来，三两口就吃完了。可是我还是觉得饿，儿子说。

男人把头扭开，不敢去看儿子湿湿的眼睛，隔了会，他擦擦额头上的虚汗，对儿子说，走，回你妈妈家那吧。妈妈？儿子睁大了眼睛，长这么大，他对妈妈的记忆还是一片空白。

对，男人重重地点点头，孩子，你不能再跟着我受苦了，你还是回到她身边吧，至少——还有口饭吃的。儿子果断地摇摇头，我没有母亲，如果她心里有我的话，就不会改嫁，就不会让我在外流浪这么多年了。那不是她的错，要怪都怪我无能。男人轻轻地叹了口气，不再说话，带着儿子，默默地加快脚步向前走。过了凤舞岭，男人指着前面说，看，那边就是你妈妈的家了。男人还没说完，就听见不远处传来了救命声，有人落水了。男人赶紧解开背上的包，又把腕上的手表塞在儿子手里，孩子，你在这等我，我马上就回来。男人说完，一瘸一拐地跑了。儿子一直在原地等着，三个小时后，儿子知道父亲不会再回来了，儿子跪在地上，朝父亲奔走的方向重重磕了三个响头，然后头也不回地朝来的路走回去。

儿子知道父亲是个救火英雄是在他来到深圳的时候，那一年他刚好进了父亲原来所在的公司，男人那条腿就是当年在救火中受伤的。这些年他漂泊在外，也吃了很多苦，但他从没有退缩过，因为他知道作为英雄的儿子，是没有理由退缩和害怕的。因为他知道，在困难面前微笑，不仅仅是一种勇气，还是对亲人和家庭的一种责任和义务。后来他有了自己的公司，到家乡来投资时，他听到了更多关于父亲的故事。他听的时候，眼睛一直都是雪亮雪亮的。每逢周末，他都会带上家人来父亲的墓前看望，每次他都会朝墓碑靠靠，就那么靠一靠，他才觉得贴近了自己的父亲。

那些写满梦想的琴弦

从进门的那一刻起，我就一直留意她们。是一对母女，都穿着相同颜色的连衣裙，颈上都挂着相同的吊坠。年轻的女人，头上戴着一顶蓝色的帽子。而小女孩，牵着母亲的手，在前面蹦蹦跳跳，眼睛左顾右盼，看得出，这是一个聪明活泼的孩子。

但奇怪的是，女孩的左手总是插在口袋里，一动也不动。女人边走边说，小心点，小心点，别撞到了。女人的脸上，始终是一副笑意盈盈的表情。

女孩走到一把吉他旁停了下来，女人的眼也亮起来，她指着吉他说，这是我最喜欢的乐器了。我和你爸爸的认识，就源于它。女人小心地触摸着琴弦，她的眼里散射出无限柔情。

那一定是爸爸追你吧。妈妈，快给我讲爸爸追你的故事。女孩兴奋地嚷。

在这个人来人往，吵闹喧哗的音响店，女人居然给女孩讲起了过去的往事，但很奇怪的是，谁都没有去打断她，所有的吵闹声也在数分钟后停止。

怕她站累了，服务员还专门给她搬条凳子来。

女人走动的时候，大家才发现，她的腿有点瘸。

听服务员说，女人是这个店的常客，在这里买乐器的基本上都认识她。女人是从北川搬过来的，以前是一家培训机构的音乐老师。

女人说到动情处，女孩就不停格格地笑。大家都跟着笑，轻松而愉悦的笑声顷刻撒满了房间。

直到说累了，女人才站起来，发现那么多双眼睛都在关注着，女人的脸一下红了。

女人将女孩抱到了钢琴的凳子上，我听见女人说，好好弹，用心弹。然后就在旁边的凳子上坐下来。女人摸了摸脖子上的吊坠，然后朝女孩点点头，女孩这才伸出一直插在口袋里的左手，我分明看见，她的左手少了两个指头。

女孩把左手放到了琴键上，一串流畅的音乐便如行云流水般泄了出来。女孩试图将音域拉得更宽一点，她的整个身体都左右摇摆起来，但是她失败了。她每失败一次，就把头扭过来，女人朝她点下头，女孩也点点头，信心满满地转过去。

我终于忍不住了，坐在她旁边，我说，你是音乐老师，为什么不过去亲自教她呢？

女人说，我得让孩子学着长大。沉默了一会，她又说，等几天，她就要参加一个省里的比赛。你也知道，那场该死的地震，让她少了两根手指，她一直都很灰心，认为自己将来再也不能弹琴了。直到前天，我才劝服她，现在我要做的，就是让她重拾信心，让她知道，即使少了两个手指，她也能和正常人一样地生活，甚至比以前活得更好。

那为什么不叫父亲来陪她呢?

女人摸了摸吊坠,声音有点低沉,他就躺在这里面呢。见我惊讶,女人告诉我,她的丈夫是名军人,在抗震救灾中英勇殉职。

我的心一紧,连忙说,那孩子知道吗?

女人摇摇头,朝孩子点点头,然后对我说,我不敢说,父亲一直是她的精神支柱,我怕她知道了,承受不了,我只能说,父亲去执行一项绝密任务了,要十年后才回来。

这她也信?

是的,她一直以她的父亲为骄傲,为了不穿帮,我每半个月都要让我的同事以她父亲的名义邮寄一封信。

可是孩子终有一天会知道的啊?

是的。女人平静地说,但那个时候她已经长大,她已经明白,痛苦其实是生活的一部分。可是你现在叫我怎么办?告诉她?将她刚刚愈合的翅膀又重新折断?她还只是一个孩子,一个6岁的孩子。

女人看了看吊坠,继续说,今天她突然告诉我,她好想拿到第一名,我想,她又回到了从前。真好!

女人又看了看孩子,然后站起来,今天的时间已到了,老板答应我们,每天让我们免费练习两个小时。

女人招了招手,女孩一溜烟地跑过来。

我送他们出去,女孩突然挽着我的手说,叔叔,我一周后要参加全省钢琴比赛,你一定要祝福我哦。等我拿了第一名,我请你吃冰激凌。我鼓励她说,那是自然的。

还有什么可说的呢，眼前这对母女已经彻底地恢复了自信和勇气，我只有衷心地祝福她们，从此不再受到任何伤害，从此，快乐健康地生活。

父亲，我是你心中永远的痛

自我记事时起，就一直没有见过母亲。据说，她是厌倦了小山沟里的穷日子，一个人悄悄地走了，连声招呼也没打。父亲却从没有责怪过母亲，父亲常在酒后感叹："儿啊，都是我不好，我没有钱给你妈治病，她才撇下咱们走的。"

那几年的日子糟透了。家里除了我之外，尚还有一个弟弟，一个妹妹。父亲为了能凑齐我们的学费，起早贪黑地到处打零工，舍不得吃，舍不得穿。头上的白发也越添越多。他长满厚茧的粗糙大手，摸到水泥板上能发出沙沙的声音，摸索到案板上，也能发出沙沙的响声，摸到我们的肩上，沙沙声没有了，却有沉重的疼痛感受一浪一浪地袭来。

初三毕业那年，我和比我只小一岁的弟弟同时考上了省示范性重点高中，可家中的经济情况只能供一个人上学，那意味着我和弟弟必须有一个人辍学。所以当我和弟弟同时把录取通知书拿回家时，父亲只是略微瞟了一眼，脸上没有丝毫的激动。

晚饭过后，父亲把我带到厨房里，什么话也没说，只是长长地叹气。我知道我落选了，从父亲冷漠的表情里，我读到了什么叫做残酷。我从骨子里恨起父亲来，恨父亲把我从大学的路上推了下来，我心里在叫嚣着："为什么那个辍学的人是我而不是弟弟？"可我没吭声，也没反抗，纵有反抗也是无声的、懦弱的。我只是流着眼泪，掏出通知书，撕了个粉碎，任那飞舞的碎片在半空中飞扬，在父亲坚定的目光里飞扬。我擦了擦眼睛，走回了我的房间，弟弟迎了上来，说："哥哥，我们明天一起去那个学校去看看吧。"

我说："不用了，你一个人去吧，我不读了。"我冷淡的声音令自己也大吃一惊。

弟弟惊讶地说："哥，你不是开玩笑吧。读名牌大学可一直是你的梦想啊。"

我平静地说："我什么时候说过这话，我都不记得了，反正，我是不想读了，我厌倦了读书的生活。"

弟弟还想说些什么，却被我轻轻推开，我钻进自己的被窝，拉起被子把自己罩得严严实实，我再次流泪了，我知道自己已被父亲遗弃了，我是个没有了爱的孩子，我痛恨我的父亲，痛恨他无情的选择。

第二天，我离开了家，一个人辗转来到了另一个城市里。我开始到处捡破烂，饿了，就捡人家丢弃的粮食，累了，就抱着身子在墙角里小憩一阵。就这样过了一月，手头上也有一些钱了，我便开始购了一些报纸在火车站兜售。我被人打过，被人抢过，但我依然不屈不挠地坚持着。

整整三年的时间里，我只回去过两次，第一次我只是默默地把这一年来所攒的钱交到他手里，然后我转身就走。父亲张大嘴，伸出手，想留我下来吃顿饭，但他分明知道，以我的个性他是留不住我的，他也知道，我对他是恨之入骨。所以我每次回来，他总是默默地跟在后头，吸着低劣的纸烟，偶尔也发出剧烈的咳嗽声。但那一声声苍老的咳嗽声，却唤不回我对他的任何好感。我只知道，多年前，父亲便把我遗弃了，我已经成了一个被抽空血液的躯壳，没有了爱，也没有了灵魂。

我经常会做梦，但结局是还沉浸在甜蜜里就被冰凉的眼泪惊醒，其实我并不嫉妒弟弟，我之后以忍受着这么多的苦，就是要让弟弟妹妹都能考上大学，圆我这辈子都无法实现的大学梦。

很快，弟弟被中南大学录取，妹妹也考上了一所重点高中。家里的钱也越发紧巴了。于是，我便决定到长沙打工。凭我这几年的打工经验，我顺利地找到一个摊位，做起了买卖旧书的生意。利润很大，生意很红火。

一次，我特意去看了弟弟，当我在宿舍里找到他时，我呆了，弟弟正在啃着两个馒头，连汤也没有。我眼睛一热，赶紧去商场买了几份三明治过来，并对自己说："弟弟啊，哥一定要让你过得更好一点。"

在长沙混的日子久了，朋友也多了起来。不久我放弃了摆旧书摊的工作，和朋友做起了跑运输的业务。由于我们重信誉，生意也逐渐扩大。有了钱，不愁温饱，没有上大学的疼痛却越来越强烈，我对父亲的恨也愈来愈重。那是一种刻骨铭心，一种撕肝裂肺的痛。像一座大山，每天晚上都会压在我的头上，令我几近窒息。

父亲也来看过我一次，父亲是走路来的，赶了两百里路，找到我们公司，还为我带来了一双棉鞋以及很多腊鱼腊肉。父亲一边喘着粗气，一边说："儿啊……"但我不等他说完，便冷冷地打断他："我没有父亲，你以后不用再来看我了。"我看见父亲流着眼泪悻悻地走了，我心里涌起一丝莫名的伤感，但我对自己说，我的字典里，早就没有了"父亲"这个词，我没有父亲，永远也不会再有。

弟弟也常来看我，每次我会拿一沓钱给他，而他只是从中取一两张，就说够了。每次离开时，他都说："爸让我转告你，其实他很想你，希望你回去。"我都说："请你转告他，就说我早就没有了父亲，他也不是我父亲。"

六年后，我们的业务越做越大，在全国很多地方都建立了连锁公司，我也有了自己的别墅和跑车。而弟弟做了一家外资企业的驻华经理，妹妹也在一所高中教书。听妹妹说：每次过年，父亲都替我留了一个位置，一副碗筷，然而说着一些莫名其妙的话，说到最后就伤心地哭，我便说："一个大男人，哭什么？"然后我就转过身，脸上就有湿湿的东西在滚动。

一天，妹妹突然跑过来，一脸沉重，我问："有什么事就说，等会我还要去澳门签合同呢。"妹妹说："父亲，快不行了，他想见你最后一面。"我心里猛地一凛，嘴里却说："不要提他，我没有父亲。"妹妹看了我一眼，继续说："我也是前几天才听隔壁的四公公说的，其实我和三哥都是父亲领养的，你才是他的亲生儿子啊。我和二哥出生后不久，家乡发了洪水，结果我自己的亲生父母都被大水冲走了，你父亲过来救人的时候，在两个漂流的澡盆里发现了我们,便收留了下来。”

我像是被雷电击中一般,整个世界都在我眼前翻腾,那儿时的记忆便一幕幕在我眼前闪过……父亲并没有把我遗弃,自始至终也没有,当面临艰难决策时,他想到的不是自己的儿子,而是别人的儿子。这是多么崇高的境界,这是多么浩荡的父爱,而我呢,竟用自己的无知和愚蠢,一次又一次地把父亲推向悬崖,也把自己推向爱的悬崖。

我立即取消了去澳门的旅程,和妹妹匆匆钻进了自己的跑车。我在心底不停地祷告,祷告上天能多给我父亲一点时间,好让我能在他宽阔的胸怀里,诉说我的忏悔。但还是晚了,我赶回的时候,父亲已永远闭上了那双沉重的眼睛。

我扑倒在他冰冷的身子前,一遍又一遍地磕着头,心里在一声声喊着:“父亲,父亲……”

父爱永远是世间最圣洁的感情,不管它是以什么方式表达出来,都最真,也最纯!

三　每一步都是整个人生

儿子的低碳生活

这是我们家第三次举办民主生活会了。与往年不同的是，一直列席的儿子，也被要求发言。

民主生活会那天晚上，儿子第一个发言，振振有词地要在全家推广低碳生活计划。见我们惊讶，儿子说："爸，还记得你上次带我去看《2012》，你感慨很多，其实，我也有同感，这些天我一直在想，如果不好好保护我们的地球，《2012》可能真会到来，所以，我们都要从现在做起，爱护我们的家园，人人都过低碳生活。"接着儿子又列举了家里的十大浪费行为，我的电脑经常不关被列在了首位。

见一向调皮的儿子如此较真，我不由暗暗高兴。晚上，妻子神秘地告诉我，儿子今天的班会就是讨论如何低碳生活。我恍然大悟，对妻子说："让儿子变得懂事，不正是我们一直所希望的么，这下可好了。"

第二天一大早，儿子敲门叫我，说是要在院子周围栽上一排树，既美观，又可以吸收空气中的二氧化碳。对于儿子的建议，我举双手赞成。

从家到买树苗的地方，有十多分钟路程，我准备开车去，儿子反对说："爸，你知道吗，一辆小车一年要排放四吨二氧化碳。为了环保，能走路的就要走路，既节能又能锻炼身体。"有趣的是，栽树时，儿子所用的水都是洗衣、洗菜所用过的水。

我以为儿子搞低碳生活计划只是三分钟热度，但没想到他一直坚持着。在儿子的影响下，全家都投入到节能节电节水和废品回收的行动中。

月末，儿子拿着缴费单给我，我一看，水电气费用比上个月少了近三十元。看着儿子好不得意的样子，我问："你知道什么叫低碳生活吗？"儿子喜滋滋地说："就是节约用电用水用钱，不要铺张浪费，可买可不买的咱就不要买。"

我欣慰地笑了。儿子又问："爸，这一个月过了，感觉还行吧。这低碳生活计划能不能继续执行下去啊？"

我抱起儿子，猛亲一口，我笑着说："这低碳生活的日子，过得！"

不容侵犯的约定

儿子病了,医生说,最好躺在床上,别乱动。可是儿子不听,非要出去。望着外面已经连续下了7天的大雨,我耐心劝他,但他仍然坚持着。

儿子说:"我和同学约好了,每天早上都给他带一份妈妈做的早餐。"儿子眼里写满了坚定,他告诉我,他们班上有一个孩子很可怜,家里很穷,成绩也不好,班里很多人都看不起他,他很自卑。所以,他便想每天给这个孩子带份早餐,给他一点温暖。

我的心里觉得暖暖的,问儿子周末也带么。他点点头,试图从床上坐起来,说:"周末,我可以帮他补习下功课,其实我功课也差,正好可以提高提高。"儿子这么懂事,我当然求之不得,只是外面的雨太大了,儿子又病着,我沉思了一会,说:"我代你去吧。"

带着妻子包好的早餐,撑着雨伞,我来到了他们约定的地方。在一个小型超市旁,我见到了儿子的同学。一个衣着凌乱的孩子。似乎压力太大,孩子的脸上有几分憔悴。

我走过去,轻声说:“你是王小毛的同学吧。”

孩子点点头,略显失望地说:“小毛今天不来了?”

我说:“他病了,来不了,他让我转告你,他一直惦记着你的学习。”孩子伸手接过早餐说:“叔叔,那小毛的病不严重吧?”

我笑着望着他,说:“躺几天就好了,外面冷,你快回家吧。”孩子把早餐紧紧地抱在怀里,点点头。

正当我转过身,准备走,孩子忽然自言自语地说:“小毛,小毛,你快点好起来吧,你说过,要带我去你家玩,来这个城市这么久,我还是第一次被人邀请去家里玩,我妈妈连衣服都给我准备好了。”

我心里一热,转过身,对孩子说:“小毛都给我说了,明天,就明天。到时候,你们一家人都过来,我们好好聊聊。”

孩子兴奋地说:“真的?一言为定,咱们拉钩钩。”

我微笑着伸出了手。

从那以后,我和妻子一直幸福地为儿子忙碌着,因为那是孩子懂事后的第一个约定,不容侵犯。

寄一封信给未来

我决定还是带儿子回家一趟。每次只要回家，调皮的儿子就会安静下来，立马奔回房间里准备带东西。他说，乡村里的孩子太穷，他得带些笔回去。他又说，晚上得加班，写点东西，好让他们知道城市里的一些故事。儿子说这话时，感觉就像个大人。

回老家，总会有一些多年不见的老朋友要见，儿子懂事地说不需要我管他，在别人面前，他不会丢我脸的，这正合我意。

很快，假期结束了，一回到家。儿子依然还是忙碌着。晚上，儿子突然拿出一大沓信纸，儿子说："爸，快说说你近三年的愿望?"我以为儿子是找我聊天，随口就说："出一本书，把烟戒掉，还有让你读个好中学。"儿子刷刷地用笔记下，他说，我不会让你失望的。然后又写了几行字，把信纸装进一个信封里，我清楚地看见，那信封上写着 2013 年 3 月 5 日收。我不由愣住了。

儿子拍拍我的肩膀说："爸，告诉你吧。这是一封寄到未来的信，俗称慢邮业务，所以你今天所说的话，我记下了，等三年后，再来看看你的承诺有没有兑现?"

“寄给未来?”我还没反应过来,儿子就说:“爸,你真 Out 了,现在北京都开了好多家这样的公司,只要填上详细的地址,并在慢递自制的邮戳上写明,希望这封信将于某年某月某日之前寄达,这封信就会在数个月、数年甚至数十年后,出现在收信人的信箱中。”

看到儿子手里还有一大沓信封,我好奇地问:“那这些是什么啊?”儿子得意地拿起第一个信封说:“这是写给十年后我自己的,是个十年规划。”又拿起一封说:“这是妈妈近 5 年的奋斗目标。”

正说着,妻子回来了,儿子马上欢快地跑过去,帮她提东西,边走边说:“妈,正如你所预料的,老爸 Out 了。”

看着儿子走进厨房的背影,我才真正感觉到,自从这次回来后,儿子真的长大了,我在心里对儿子说:“只要你上进,肯学习,就是天天被 Out,爸爸也开心啊。”

儿子的世博会

上周末,刚和儿子看完上海世博会的开幕式。儿子意犹未尽地说:“爸爸,我觉得我们家也可以开个世博会。”见我惊讶,儿子振振有词地说:“世博会不止是上海的世博会,应该是全世界的世博会,虽然我们不能参加,但也可以建一个属于自己的主题馆啊,免费向社区开放,一来宣传了世博会,二来也提升了自己的内涵。”见儿子如此上进,我心里暗暗高兴,嘴里却故意说:“那你给自己的馆定个主题吧。”儿子摸头仔细沉思了一会,然后摇着脑袋说:“社区,让生活更温暖。”

第二天早上,天刚亮,便有敲门声。开门,是风尘仆仆赶来的父母亲,我纳闷地问:“不是说好了,今天下午我们回老家的么,你们怎么过来了?”父亲边搬篓子边说:“小虎说不是要建个主题馆么,我和你母亲赶制了一批小玩具,怕误他的事,便早点过来了。”

父亲是个雕塑家,最擅长的是用树根雕刻各种各样的动物。我翻开父亲的篓子,小猫、小狗等 10 多个动物一下映入眼帘,个个都惟妙惟肖。

接着，在儿子的主持下，召开了全家动员会，经商议，主题馆定于5月3日开馆，我和妻子都被安排了任务，妻子负责绣主题馆的横幅和样刊的摆放，我则需整理国内外旅行的照片，并配上相关的文字。

经过两天的忙碌，主题馆正式开馆了，它分四个展区，一个是父亲的雕刻展区，一个是儿子和他的同学用纸折的各种机器模型展区，一个是我的旅行展区，还有一个是妻子的样刊展区。

听说小区里有个主题馆，不少街坊邻居都过来捧场。儿子就站在门口，拿着笔记本记数，看他的神情，怎一个神气了得！展览持续了两天，第二天晚上，儿子把统计的人数告诉我，我一看，傻眼了：784人。儿子兴奋地说："这主题馆的创意不错吧。"我欣慰地笑了。儿子又说，他准备把这些东西打包，搬到学校去，也展览几天。儿子抬起头说："爸爸，你会做我的免费搬运工吗？"

我抱起儿子，猛亲一口，笑着说："当然会了。宝贝，只要你健健康康地成长，就是叫我做个驮书的乌龟也愿意啊。"

孩子是初升的太阳

儿童节，带着儿子去看表演，一路上人头攒动，好不热闹。走到步行街口的时候，孩子突然停了下来。我顺着儿子的眼光看去，在一处花坛旁，坐着一个老妇人，旁边还有只蛇皮袋，老妇人腰间的口袋里也鼓鼓的。许是从山区里一路走来，太累了，不久，老妇人轻轻打起了鼾。

我不禁暗自替她担心起来，在这个扒手横行的步行街，稍不留神，就可能变得一穷二白。果不其然，一个提着公文包的中年男子形迹可疑地走了过来，他朝四处一阵张望，然后在老妇人旁边坐下来。

儿子连忙扯着我的衣服说："爸爸，那个人一定是个大坏蛋。他想偷奶奶的东西。"说话的刹那，中年男子把公文包放在膝盖，一双手从公文包下面伸下去，打开了蛇皮带，也许是没有什么值钱的东西，中年男子皱皱眉，又慢慢伸向老妇人的口袋。

站在我旁边的一对母女俩也停了下来，女儿指着手大喊："妈，快看小偷，抓小偷。"女人赶紧捂住女儿的嘴说："你喊什么，不要命了啊，这是别人的事，我们管不着。快跟我回家。”小女孩一张脸憋得通红，却又无可奈何。

这时，儿子悄悄对我说：“爸，让我去帮帮老奶奶。”我摸摸儿子的头，叮嘱说：“小心点。”儿子一边跑，一边喊：“奶奶，奶奶，你怎么在这里啊，找得我们好辛苦。”老妇人似乎刚从一场甜蜜的梦里清醒过来，揉揉眼睛说：“老了，都忘记回家的路了。”见此情形，中年男子只好灰溜溜地走了。

小女孩也跟着跑了过来，一个人扶着老妇人，一个人拿袋子，却都异口同声地说：“奶奶，我送你回家。”我朝女人笑笑说：“今天，阳光真好。”然后彼此心照不宣地跟在后面

从此，我不再轻看这些孩子们。是的，还有什么好说的呢，这些孩子的明天就是我们的今天，在他们成长的路上，我们这些大人，唯有好好保护这些娇嫩的太阳们，让他们总是那么新鲜又纯洁！

儿子的新朋友

这是我带儿子来上海世博会游玩的第一天，儿子突然兴致勃勃地跟我说，他有新朋友了。儿子是个活泼开朗的孩子，对于他的交际能力，我一向都不怀疑，但从他嘴里说出来，我还是吃了一惊，因为他所说的新朋友既非游客，又非老乡，而是在门口执勤的武警。

第二天，儿子出门前，多带了四瓶水，他说，你看他们多累啊，天气那么累，还得回答几万游客的咨询，太辛苦了。我带儿子进门的时候，我看见儿子把水递给他们，并和他们热情交谈起来，看得出，大家都喜欢这个小子。

儿子说，老爸，今天我不跟你进去了，我就在这呆着，顺便做点有意义的事情。我说，你来上海，不就是想看世博的么，怎么到了门口，不进去了。

儿子说，因为我找到了比看世博更有意义的事情。

我心中惊异于儿子到底会干什么事情，参观了一会，我就走了出来，在密密麻麻的人流里，我突然看见一个熟悉的影子，在捡着丢弃的瓶子。是儿子。

我只好帮着儿子拣，到中午时，儿子提的蛇皮袋里，已经有半袋了，儿子把它交给了一个在门口等候的老奶奶。从谈话里得知，老奶奶的妻子和儿女们都在一场车祸中离去，生活无依下，只好靠捡废品为生，但老奶奶进不了世博园，就只好远远地在入门口附近等着。儿子是从武警那知道这个事的，儿子毫不犹豫地接受了这个差事。

第三天晚上，儿子告诉我，他又有了新朋友。是一群志愿者。此后的每一天，儿子都会认识不同的新朋友，也会做各种各样的善事。从上海回来的那一天，儿子把我的手机拿去，说是要给他认识的每一个新朋友都发一条短信，提醒他们热浪滚滚，谨防中暑。

儿子说这话时，一脸的灿烂。我问他，后悔吗？儿子摇摇头说，在上海呆了一周，虽然有 6 天没进去参观，但却做了许多比参观更有意义的事情，也结交了很多新朋友，值了。

回家的路上遇到他

元旦节刚过，母亲便在电话里不断催我回去。我都整整 6 年没有回家了，每年都说回，但最终都没回去。母亲说，儿啊，你今年不会忽悠老妈吧。我说，不会，以前是儿不孝，每每想回，都被工程拖累着，今年工程终于结束了，儿一定会实现自己的诺言了。放下电话，背脊都一片冷汗了。

咬咬牙，我向书记请了半个月的假，高价买了张黑市票，拖着行李，上了回家的火车。这列火车直达我老家所在的城市，从火车站下车，转过三条街，就是我家了。

刚下火车，一个背后挎包的棒棒（四川方言，搬运工）走过来，看见他在寒风中瑟瑟的样子，忽然心生不忍，赶紧把包给他。他说我就是在等你。我说你真幽默。他指了指肩膀上的鲜红的袖章说，是真的，我每天一大早就到这里等候旅客了，今天你是我接到的第一个客人。怕我不相信，他又接着说，其实我也是闲着无聊，老婆在外打工，都三年没回家了，今年才说回来，要我到这里来接她，正好我这边有个亲戚，我就早点过来了。坐着白等也是等，还不如找点有意义的事做，正好火车站要招一批义务服务队员，我就报名了。

那你有没有遇到尴尬的事情？我好奇地问。

他侧头看了看我，当然有的，有次有个外地人问路，说一口听不懂的方言，我拿了纸和笔，给他写了几十个地名，才最终弄清楚了他要去的地方，赶紧送他上汽车，回来才发现自己身上的20元钱被扒手摸了，我都不敢告诉老婆，怕她生气。

前面正在施工，到处都是稀泥，他引着我走了一条捷径，但还是把刚买的新皮鞋弄得到处是泥，我正皱眉，他忽然从背后的包里取出擦鞋的工具，又拿出把折叠式小凳子，让我坐下。看到他专业的神情，我忍不住问，你以前修过鞋？他笑了，没事的时候给老婆擦擦，看着这几天到处在施工，我就带在身边了，估计能用得上。

几分钟他站起来说，这就漂亮多了，要是一脚的泥巴，父母看了心疼，还以为你是风尘仆仆赶回来的。又走了一会，我说，谢谢，我的家到了。他转身，摇摇手说，回家吧，你父母恐怕都等得心急了，等我老婆回来了，我也应该回家了，家里的父母都在日日盼，夜夜盼呢。

我从内心里欣赏和尊敬他。正是有了千千万万的他，才让我们这些长期在外漂泊的人感觉到，因为有爱，回家的路不再漫长！

我给父亲送春节礼物

一直以来，我都想给父亲送一份春节礼物，不是几双鞋，几件衣服，我想送的，是自己亲手制作的礼物。

从小到大，只要我表现突出，父亲总会在当年除夕夜里，送我一份春节礼物。

第一次收到父亲的春节礼物，是我 12 岁时，那一年我获了全市数学竞赛二等奖，当我把所得的 5 元钱奖金交给父亲时，他兴奋地把我托在半空中，狠狠地亲了两口。末了，父亲说，今年给你一份礼物。于是，我小小的心便充满了期待，我甚至不止一次想，父亲到底会送我什么呢，衣服，鞋子还是书包。那时，家里穷，父亲虽然在文联工作，但他的收入依然不够补贴家用，但我知道说话算数的父亲一定会给我一个惊喜。

快到年末了，父亲那边依然没有动静，我有些心急，几次吃饭，我都叫他一声，却欲言又止。父亲似乎看出了我话里的意思，朗朗笑着，傻儿子，再等几天。除夕前夜，父亲忙到十点多才回来，一回来，便径直往我房间跑，他小心翼翼地把一块黑布打开,是一幅画,画面上,一个身穿红色衣服的少年,正在朝火红的太阳奔跑,背后是青山绿水,海阔天空。下书一行字:送给在人生路上不断奔跑的爱子。父亲告诉我,他用5元钱买了笔、颜料和纸张,天天都在练习,这是他出的第一张作品。我听得心头一暖,以后每次看到这张画,心中便顿生无限豪情。

读大学后,父亲写了一首《沁园春·雪》的草书给我,我一直悬挂在寝室的墙壁上,这幅字,还在学校里引起过轰动,最后连爱好书法的副院长也过来了,硬是问我要了父亲的号码,然后一个人坐车到了我家,呆了一个星期才走。我现在每次和副院长通电话,他都念念不忘父亲在书法上对他的指导,语气很真诚很谦卑。

研究生毕业后,因为远在外地工作,3年没有回家,今年好不容易请了一回家,我就寻思着给父亲做一份什么样的礼物。左思量,右斟酌,决定写一首词,送给60岁的父母。把纸摊开,酝酿,年少的温暖便在笔尖上一串串流出,宛转流年。我用一个精美的盒子装好,上书5个字:父亲大人启。

盒子送到父亲那后,母亲就向正在和朋友聚会的我抱怨,说父亲在书房里从早呆到晚上,一直没出来过,又是笑又是写的,就像中了六合彩一样。末了,母亲又补充一句,过了年,你也给我写首吧,好让那老头也羡慕我一回。

母亲是在期待中结束电话的,我的脸上一直洋溢着微笑,因为我知道,这是我这么多年来,送给父母的最珍贵的礼物,爱和感恩,都写在上面,晶莹剔透。

第一次给媳妇汇款

这是今年第8次到邮局领取媳妇寄来的汇款了。媳妇在一家小公司上班，工资不高，可她依然坚持每个月给我汇一次，媳妇说："爸，当初结婚时就曾许诺过的，不管日子多少艰难，每个月我都会给你汇款100元，钱不多，只是略尽我们的一片孝心。"

当时邮局的汇款，服务台前站着一个老人，他正从口袋里掏出一大沓十元的钞票数着，服务员显得有些烦了，催问："您到底寄多少？"老人又仔细把钱数了一遍，然后说："寄60元吧。"服务员随手弹出一张空白的汇款单，老人转过头来，对我笑笑说："老伙计，我不识字，你帮我填一下吧。"我接过，问："老大哥，您这是给谁寄钱啊？"老人仿佛没听见我的话，直到我凑到他耳朵旁大声重复了一遍，老人"哦"了一声才说："是给我儿子的干娘。"

"给您儿子的干娘？"我惊讶极了。出于好奇心，我追问道："老大哥，你是给你儿子的干娘寄钱……""我是替我那小子给她寄点钱。"老人仿佛看出了我的疑惑，说："我那儿子是个武警，三年前在一次抓捕贩毒罪犯时，一个同事牺牲了，后来我儿子就认了那个同事的母亲作干娘,这不我就是替他寄点钱,好让她知道,我那小子没有忘记自己的干娘。”

老人的眼里此时已浸满了泪水。我的心为之一震:“老大哥,你的儿子呢?”“回不来了,整整两年了,去年发洪水时,他跟着一起走了……”

我当时不知是怎样为老人填好的寄款单,望着老人颤颤离去的背影,我怔立了很久很久。直到服务员问:“您是汇款还是取款?”才回过神来。“本来是取款现在是汇款吧!”服务员看了看我手里拿的取款单,问:“您手里拿的不是取款单么?”

我笑了笑,意味深长:“不,我是汇款,给我孝顺的媳妇汇款。”我忙着从自己口袋里掏出上一个月拿到的1800元稿费连同媳妇给自己寄来的100元钱和填好的汇款单,一并交给了服务员……

身体的旅行

朋友打电话过来,说要走了。

他是我在这个城市里的最后一个朋友。三年来,我所熟悉的朋友陆陆续续地离开,或许是累了,想为自己减轻一点包袱,又或许是为了生存的需要。毕竟,在残酷的生活面前,人要学会面对现实。不管怎样,熟悉的人是一个接着一个离开,一如那渐落的夕阳,又如那顿失的楼兰风尘。我想,如果人生是一面镜子,朋友则是那稍现即逝的昙花。生活就是这样来去无常,无须在意,也无须伤悲。

我们总是不想将自己的心自己锁起来,犹如那牢里的金丝雀。累了就要离开,借助于身体的旅行,在一个新的城市里重新扎根生活,就算最终留下来,心也会向着远方。

也许明天我也即将远行,也或者是若干年之后。心到了忍耐的极限,我们就要为它找一个发泄的路口、充电、远行。是的,人生就是一种旅行,我们正是借助于身体的旅行才能让自己的心在浮躁的城市里安静下来,不至于迷失本性。我突然明白朋友为什么一个接着一个地离开,因为人生本身就是一种旅行。

你需要的，只是适合自己的

他是公认的才子，画得一手好画。

一个烟雨蒙蒙的早上，在他的个人画展上，她被深深吸引住了，流连忘返。

之后，她就闯进了他的画室；之后，她的心就再没出来。

他们是公认的才子佳人、郎才女貌，不知惹红了多少人的眼睛。只要有他们出现的地方，羡慕声就一浪接着一浪。

可是一年后，他们意外地分手了，是她提出来的。

同样烟雨蒙蒙的早上，在他的个人画展上，她驻足，凝望，沉思，突然明白：她爱上的只是这些画。

人类的爱情总是经常与优秀以及美丽碰撞，才子佳人、郎才女貌似乎是自古以来的恒理。我们渴望自己的另一半是优秀的、美丽的。只是谁知道优秀只是优秀，美丽只是美丽，爱情与优秀、美丽之间永远也不可能画上等号。我们所需要的，只是适合自己的，不论对方是优秀还是平凡，美丽还是一般，只要幸福就好。

爱情的鞋

那是很早以前的事了，那个年代还没有用上电话，人们穿衣服也是打了一个又一个补丁，都舍不得扔。鞋子也是，破了，总想找个师傅补补，补丁越多，说明生活越朴素，作风越正派。走在大街上，满身补丁，一鞋补丁，是没有人笑话的，相反你还能挺直胸脯，把地板踩得沙沙直响。

工会经常组织年轻男女去爬山，上上下下的，鞋子特容易坏，修鞋的师傅在十余里外的小镇上，往来都不方便，这时他提出了给大家义务修鞋。

“行吗？修鞋可不是件轻松的事情。”一个同事说。“别忘记了，我父亲就是修鞋的，我5岁的时候就会这门技艺了。”同事半信半疑地问。他把鞋子拿到他的房间，从床底下搬出修鞋的机器，几下就弄好了。“昨天搬来的，我就知道一定能派得上用场。”他笑着说。

从此大家都知道他会修鞋，鞋坏了都往他这里送，他做了一个鞋台，把鞋子一双双摆在上面，来一位就取走一双，倒也方便。

她来了以后，单位一下子就活跃起来了，小伙子都很喜欢她，都想追她，于是单位的活动一下子就紧密起来。她才买一个月的新鞋又坏了，照例放在他这里修。来拿鞋的时候，她正准备走。他喊住了她。“我想，鞋子可能还需要处理一下。”他低着头想了想，然后用期盼的眼光望着他：“明天来拿，好不？”

第二天来拿鞋的时候，她干脆搬了条凳子，边看着他补，边和他聊天。他懂的东西很多，她第一次发现在这穷地方还藏着这么一个才子。她走的时候，自然没有把鞋子带走。那鞋子一直都放在那，但她每天都会过来拿鞋，每一次都会坐上一会。

一开始大家都没有觉得，但当大家都把鞋子取走的时候发现鞋台上还有那么一双漂亮的绣花鞋，就有人问了：“那双鞋子的主人和你什么关系啊。”其实大家都认识她，只是大家都想知道那么多男生都倒下了，难道他能例外？

他的回答总是不同的，刚开始的时候他说：“嗨，同事呗。”一个月后他会说：“我好朋友嘛。”再一个月后他换口了：“她呀，我女朋友啊。”总而言之，这双绣花鞋就一直放在他的房间里，他每天都会拿出来擦得干干净净，犹如新的一样。后来他们结婚了，搬了新地方，除了那双绣花鞋他什么都没带去。

结婚 8 周年的时候，她出差在外认识了一位年轻有为的大老板，他们的婚姻走到了十字路口，她决定要搬出去住了。收拾好东西她突然想起那双绣花鞋。她说，她想把那双鞋拿回去，放在他那里不太妥当了。他心里很舍不得，但还是进去拿了，鞋子就放在他的枕头旁。

她看着那双打了几个补丁，但被呵护得像新的一样的鞋子，她坐了下来,他也坐下来,她说:“那一年我才18岁。”他说:“是啊,想想那个时代的故事,是多么纯洁和美好,可现在的婚姻……”她不说话了,沉默了许久,她忽然一下子哭了。

她想这双鞋子多么像他们的爱情啊,他那么用心地呵护和珍惜着,十年如一日,就像他一直珍惜着自己一样。而自己呢,一点小小的诱惑就差点迷失了自我,是因为自己不懂得珍惜婚姻,就像不珍惜这双绣花鞋一样。

她把行李放下来了,又掏出那张离婚证书,撕了个粉碎。而那双绣花鞋依然放在他的床头,直到今天还在。

爱的指南针

10年前,我去一个贫困地区支教,那里条件很艰苦,连电话都没有,我的一个同事,年纪很轻,每天睡觉前总要到外面的院子里去,不管刮风下雨都不例外。说是要去和心爱的人说会话。开始我还以为这是艰苦环境下年轻人正常的心态,直到有一天晚上,我从校长家里归来,看到他靠在槐树下望着漫天的星斗,嘴里还在呢喃着。

我好奇地走过去。“你在这里忙什么?”

“我在和我的妻子说话。”他笑着说。见我一脸迷茫,他耐心解释:“我和妻子有个共同的约定,每天晚上我们都会同时仰望北斗星,这样我感觉她就在我的身边,我们就能互相交谈。”顿了顿,他又补充说:“我们才新婚三天,因为工作上的原因,我们分居两地,其实我们都习惯了,以前也是这样,都5年了。这颗星是父亲在订婚当日送给我们的。当年中越自卫反击战期间,为了能和新婚的妻子相会,他们约定每天晚上在同一时刻仰望北斗星,以此来寄托彼此的思念。这样,北斗就成了他们爱情的指南针,当年父亲是这样做的,现在,我们也是这样。”

父亲的人生哲学

我父亲无论从哪方面说，都是典型的男权主义者。他在家里虽然很少说话，但一张嘴便是金口玉言，任何人都无法劝服他，奶奶不能，母亲也不能。

那几年改革开放，村民纷纷做起了生意，父亲也跟着舅舅一起贩卖鸡蛋，利润颇为可观。闲着的时候，父亲喜欢到处转转，顺便也会提及他的生意。村里有一个60多岁的老人，听了他的讲述，也动了心，便说："我也跟着你做，你看中不中？"父亲站起身说："中！不过做生意可是门很深的学问，我先带你几天吧！"父亲说到做到，像带徒弟般的领着他游走于大街小巷，一周后那个老人便开始独立做了。父亲依旧每天笑呵呵地回来，好像并不担心他的加入会对他的生意构成竞争。

一年后，舅舅又开始担着烟游乡，父亲也跟着做了，父亲后来碰到那个老人，问他的情况。老人一脸无奈地说："现在贩鸡蛋的人太多了，一天忙乎下来，除去税收，手头剩下的就很少了。"父亲听得异常专心，父亲说："不如你也学我改行吧，卖烟还是相当不错的。”老人再次心动了。父亲便对他讲了很多关于卖烟的知识，比如怎样辨别假货，怎样盘活手头上的资金。父亲讲得很认真，眼睛里也特别明亮。

父亲照例笑呵呵地回来，因为高兴，吃饭时他还特别提及了这件事。母亲在一旁担心地说：“两个人走同样的路线，难道你不怕么？”父亲回答：“怕个啥！他年纪都一把了，怎么能和我相比。再说，我也是看他没事做，也让他能攒点钱，盘活自己的日子啊！”母亲并不服气，说：“你是盘活了别人，却盘穷了自己！”父亲语穷了，只有自己叹气：“哎，你妇道人家懂什么！……”

然而，正如母亲所预料的，他还是影响了父亲的生意，父亲的日子渐渐地紧张起来，为了打破困境，父亲只有把游乡的范围扩大，再扩大，以至于父亲每天都得清晨4点多就出行，晚上披星戴月而归，那几年，由于父亲讲诚信，因此博得了很多人的信任，形成了固定的老客户。

但随着改革开放越来越深入，农村里下海的人越来越多，开店的人也越来越多，父亲的生意再次萎缩了。有时母亲也会埋怨：“当初，要不是你让别人也做，也不会像今天这样难堪啊！”父亲又语穷了，只有自己叹气：“唉，你妇道人家懂什么？……”

我印象里还有几幅影像鲜明的静照，一幅是前年的时候，母亲病了，躺在床上不能动，父亲只好自己放谷种，在一个大水缸里，放上水，再把谷子倒进，放一天，再洒到田里的熟泥上，覆上塑料膜。以前母亲安康的时候，这些事情都由母亲做，母亲总会用热水泡泡，好催快谷子发芽。然而父亲却相反，父亲只是放些冷水，还是井里的水，父亲固执地说天气这么热了，泡不泡热水都一样，但结果是那年谷子的出芽率极低。母亲好了之后，就批评他听不见意见，父亲总会装作不听见，或是逼急了，就会一脸无奈地说："唉！你妇道人家懂什么？……"父亲的这句话，我到现在都记忆犹新，那是父亲的一种人生哲学，那时候我一直不理解父亲为什么老是喜欢说这句话，现在我才真有点理解了。其实他只是努力维护着做男人的尊严罢了。

另一幕是，经常会有村里人问父亲怎样做生意，怎样植幼苗，父亲都会热情地回答，父亲甚至还会抽出很多时间去为他们做示范。父亲就是这样，为了别人，宁可委屈自己。有一次父亲身体刚好，有个邻居便请父亲为他拆屋，父亲一口答应了，父亲去得很早，到晚上 6 点的时候，却还没有回来，母亲让我去喊他回来吃饭。我看到父亲时，他正在帮一个老人插秧，在田埂的旁边还挺立着几株桃树。我突然发现父亲和桃树都一样的高，桃花是粉红粉红的，父亲的头发墨黑墨黑的，真是非常的美。那时感觉到能有这样一个热情的父亲，真是天下最幸福的事。

还有一幕是我参加工作那年，父亲陪我去医院做了回乙肝检测，我因为有事一做完就走了，留下父亲在那里等，从上午 10 点等到下午 6 点。父亲回来时他说他还没吃中饭，他又把单子递给我，笑呵呵地告诉我，没事。父亲的神情很轻松，在同一个地方待了 8 个小时，而且还是饿着待了 8 个小时，对他来说是小菜一碟。如今，每当我想起这件事时，心里头就充满愧疚。

还有一幕经常上演的，是父亲每次听到有人评论其他人时，他总会插上几句自己的见解，甚至当着某个人的面，他也毫无顾忌地说他的缺点。我的表哥成家两年了，做起事情依然像以前那么懒散。有一次,他到我家里玩,父亲就当着他的面说他,不留一点情面,弄得我表哥很尴尬,我们也很尴尬。

我的父亲就是这样的人,他只是这个世界上无数的平凡人之一,却也是这个世界上无数伟大的父亲之一,他是那么古板,固执。但他又是那么热情,为了别人甚至可以牺牲自己的利益。

也许,在他的人生哲学里,认为每个人都能像他那么帮助别人,那中国的月夜也会变得温柔起来。至少,我的父亲就是这么想的。

爱使人间更温暖

刚从国外出差回来，8 岁的女儿，突然自己跑到火车站来接我，给了我一个莫大的惊喜。照例是先亲亲，然后抱在怀里，女儿突然说："爸，你猜我的作文比赛拿了几等奖？"忽然想起，昨天正是女儿作文比赛的日子，心中不免有些愧疚。我装作若无其事地说："第几名？"女儿骄傲地说："大作家的女儿，能差到哪里去。当然是最好的那个了。呵，老师还奖了我一本书呢。我答应老师了，我今后要更加努力地写。"说完，便从怀抱里拿出一本《喜洋洋与灰太狼》。

孩子永远就是这样，你给她一罐糖，就能甜遍她的整个世界。

回到家，我刚坐下，楼下便传来一串童音："收破烂了，收破烂了。"女儿赶紧跑出去看，她焦急地说，是个孩子。我自是不会放过这个教育的机会，我说："你看，人家和你一样大的年纪，却在外面收破烂，你应该好好珍惜这读书的机会才是。"

女儿并不为我的话所动，她继续追问着："那他为什么不读书呢?”我沉思了一会,才说:“也许他家里出了什么事,没钱读了,只好出来赚钱来维持生计。”女儿“哦”了一声,然后叹了口气说:“真是可怜。”她连忙走到窗口,朝渐渐远去的小孩喊:“喂,到我们这里来。我卖给你。”

女儿转头对我说:“爸,我可以帮助他么。”我轻轻刮着她的鼻子说:“鬼丫头,你都已经做了,还问我可不可以?”女儿调皮地做了个鬼脸。

这是一个眉清目秀的小孩子。经过交谈,得知,小孩的父亲在半年前去世,他的学费也就没有了着落。为了能继续念书,就只好自己在外赚学费了。

而女儿,这个时候,不知从哪个角落里弄出来一大沓书。小孩利索地称好秤,然后付钱。这时女儿从书桌上拿起《喜洋洋与灰太狼》,摸摸,看得出来,她舍不得,毕竟是刚发的奖品。

女儿对他说:“送给你的。我作文大赛的奖品,很好看的,你要答应我。好好读书。”小男孩连忙用衣服擦了擦,双手虔诚地捧着,他的眼里闪烁着激动。隔了一会,女儿又偷偷在他耳边说了句话,我没听到她说什么,但小男孩连忙说谢谢。

当然,我也配合做女儿,偷偷在他的车里放了一些没用的废品。但过一会,有敲门声,是小男孩一脸汗水地跑过来:“叔叔,您多给我的废品,我给您折算好了,我应该再给您 5 元钱。”

我说:“叔叔也只是想帮你,早点赚到学费。”小男孩恭恭敬敬地朝我敬了个礼说:“叔叔,您的好意我心领了。可是父亲离去之前,我曾答应过自己的眼睛,我所赚的每一分钱,都必须是经过自己双手努力得来的。”

我被眼前这个人小志大的小男孩深深震撼了。

第二天,天蒙蒙亮,小男孩清脆的声音又在楼下响起,女儿一骨碌地爬起来,把她昨晚准备好的“废品”带了下去。透过窗户,我看到社区里的男男女女都拿着自己的废品走到小男孩的三轮车旁,摸摸他的头,才不舍地走开。那是个很温暖的场面。我想,那些听说了男孩坚强的故事的人们,只要伸出了善良的手,哪怕改变不了现状,也是一种心灵的收获啊。有爱,才有了人间,我望着男孩坚毅的笑脸,忽然觉得眼里一片晶莹。

自此后,每天早上,小男孩都准时来到小区,而女儿也准时把早准备好的废品拿下去。如此一来二去,家里的废品早拿完了,女儿就到外面找,最后发展到干脆和小男孩一起去收废品。

于是,小区里便出现了两个幼稚的叫喊声:收废品,收废品。在海外留学的妻子打电话回来,我把这件事告诉了她,妻子不仅没有责备,反而大夸她能干。我笑着对女儿说:“这下好了,我每天一起来,入耳的便是你们朗朗的叫喊声了。”女儿说:“等我们把他的学费赚够了,我就天天喊他来晨读,那个时候,我要让满世界都是我们的朗朗读书声。”

拼车的意境

见越来越多的同事买车，妻子眼红了，吵着让我买一辆。车买了，出入方便了，但麻烦也跟着来了。

看着一个月多出了1000多元的费用，妻子的心疼写在脸上。怎么办？我和单位的几个同事一商量，不如周末拼车吧。拼了几周车，妻子感觉不错，她决定这个周末去郊区玩。

周末早上，我开着自己的车，载着两个朋友，上了去郊区的路。快到郊外时，一辆拖拉机突然从旁边的岔道上倒着退出来。尽管我紧急刹车，但两辆车子还是轻微地碰上了。

妻子火冒三丈地跑下来，准备责问，突然发现从拖拉机的车厢里钻出个老人。老人大概被吓住了，一张脸变了颜色。好半天，老人突然尖叫起来："今天才买的车呢，就被你撞了，你得赔。"妻子也不跟老人理论，气呼呼地找到司机质问："你是怎么学车的，不知道这是个拐弯么，怎么倒着开出来呢。"司机是个小伙子，他尴尬地说："倒车要走很远，我母亲病了，急着去医院，所以……这样吧，你看要赔多少钱。"

妻子看看我，又看了看车，前面的保险杠有道撞痕。妻子举起一根手指，我连忙扯她的手，妻子看了我一眼，小声说："今天的心情全被这小子搞砸了，不狠狠敲他一把，难泄心头之恨。"我看了一眼老人，老人的脸涨得红红的，神色紧张。我马上把妻子拖到一边。大概妻子也看出了老人的神色不对，连忙闭嘴。我对小伙子使个眼色，又对老人说："大妈，是我撞上了你儿子的车，是我不对，我赔。等下，我就跟你儿子去修车。我先送你去医院吧，我的车快一点。"老人长长地舒了口气。

把老人送到医院后，我去修了一下车，花了 50 元。尽管花的是自己的钱，可我一点都不心疼，因为老人家及时送到了医院。医生说，要是再晚半个小时，神仙也难救了。

后来，同事笑我："平时你吃不得半点亏，那天怎么大发慈悲啊？"我缓缓地说："拼车本来是件快乐的事，但如果在拼车的过程中，也能给予别人一份快乐，岂不是两全其美！"

伸出你充满善意的手

这是一次充满悲剧性的灾难，长途客车在贵州的深山中抛锚了，正是深夜，巨大的暴风雪一次又一次肆虐过来。尽管关紧了门，车上所有的人还是感觉到了浓浓的寒意。有人开始从旅行袋里取衣服，有人开始在车子里走来走去，试图驱除寒意。

汽车的电力很快用完了，空调关闭，车里的温度一降再降，陌生的人们只好相互抱着取暖，然而还是无济于事。

很多人在想：要是这时，有一团温暖的火那该多好。

终于有一束手电扫了过来，车上所有的人都激动不已地惊呼起来，希望看似就在眼前了。

来人是一个打扮非常普通的老人，他的背上还有一个篓子，里面是热腾腾的馒头。

有人开了门，老人把篓子放在车上，他指着车前不远处说，那里就是他的家，他真诚地邀请车上的人到他家去。

然而让人意外的是，车上没有一个人起身，老人连续说了三遍，大家的反应还是沉默。

老人只好把篓子放下，自己一个人回家了。

这时车上的温度已经是零下5度，热腾腾的馒头正在迅速变冷，有一个小男孩起了身，但被身旁的母亲迅速拉了回来："你要干什么，那东西有毒，吃不得。""就是，我们宁愿挨冷挨饿，也不去冒这个险。"车上不断有人附和。

半个小时后，老人再次来到车上，当他发现篓子里的馒头一个都没少时，只是轻轻叹了口气。

他再次邀请，依然没有人反应。当他正准备下车时，车上终于有人说话了："爷爷，我相信你，我跟你去。"说话的正是刚才那个被母亲拉住的小孩。

老人的眼圈红了："孩子，你不怕我是个坏人？"孩子走上去，伸出他的手，挽住了老人说："爷爷，我相信你。"

在孩子的影响下，车上才不断有人下车，跟随老人而去。

第二天，所有人都完好无损地上了车，面对送行的老人，很多人羞愧地低下了头。

有记者问老人："当你的善意一次次被人拒绝和怀疑时，你为什么还要坚持下去？"

老人告诉记者，在这座深山里，他经常能遇到抛锚的长途车，这已经是他做的第一百件善事了。老人语重心长地说，我只是希望能以我充满善意的手，为这个陌生而隔阂的世界多添一点爱和温暖，让人心不再可畏。

是啊，只有人人都伸出自己充满善意的手，这个世界才能不断创造爱的奇迹，人与人之间也才能变得相亲又相爱。

人世间爱的天使

我是在去吃夜宵的时候认识他们的。是一对夫妻。大概60多岁,一个是瘸子,站在面摊前,弓着背,手飞快地挥动着,一个是聋子,端着大碗,快乐地在人群中游弋。

很多时候,男人会吆喝几句,人群中顿时掌声如雷,不时还有人高叫起来,再唱一个。男人似乎去过很多地方,从天山民歌到黄梅戏再到湖南花鼓戏,男人都能唱,唱得也很投入。

有时,女人也跳,女人扭秧歌,跳新疆舞,跳得不是很好,可是我爱看,大家都爱看,跳到尽兴时,吃饱了的顾客们也跟着跳了起来,大家都用手拍着节奏。热闹且欢快。

每一天,我都想第一个坐在那里,可是不管我多早,甚至赶在他们还没开摊前,那里就有了很多人,老的或者少的。点一碗拉面,再摆上几碟小吃,大家都悠闲地吃着,聊着。

我很喜欢这种氛围,空闲时就在那坐着,直到他们催我走。

到十点半,他们就收摊。每天如此。

女人在走之前照例要吃上一碗臭豆腐,是男人做的。烫,男人就轻轻地吹着，尝一口，然后一块一块送进女人的嘴里。男人问，好吃么？女人说，好吃呢。男人就笑，那我明天给你做一碗更好吃的。

每天都是同样的对白，可是每天依然让我感动得一塌糊涂。

有天晚上，我发现女人的腿不太方便，经常得坐下休息会。

到收摊的时候，几个人都没走，都说留下帮点忙。

边帮忙我边问女人，你们每天收益都还不错吧。女人笑着说，还行呢，每天都能赚一百多元。可是仍然不够花啊。

我抬着头看着她。

女人叹了一口气说，也不瞒你，家里都十来个孩子了，光书费就够我们忙的。

我问，都是领养的？

男人接过话来说，是啊。她每次看到那些被遗弃的孩子就心软，一软，就接回了家。多少年了，都记不清她做过多少回这样的傻事了。

女人就说，没办法，我就是这样啊。再说了，昨天那个小男孩还不是你说要领回家的。你还说，宁肯自己少吃一碗，也不能让孩子长不好身体。话语中，却全是幸福的味道。

后来，我经常把一些孩子不太穿的衣服给女人，女人感激得不行，隔一日后，她总会拿一些得了满分的作文给我念，她说，你看他们多努力。

那个春天，我和我的街坊们都跟这对夫妻成了患难之交。

他们做的拉面也许不是最好吃的，可是很温暖。

他们是人世间一对爱的天使。

见过大世面的父亲

父亲是大山里唯一见过大世面的人，所以每次喝酒，父亲都会说起他在外的经历。父亲去过的地方很多，比如广州、南京、上海，等等，可他每次说得最多的还是东方明珠塔。"在中国，最漂亮的地方就是东方明珠塔了，登上去，俯瞰上海全景，那个才叫爽。"

很多人闻声走过来，坐下，父亲压低声音，把一只手搭在身边邻居的肩膀上："我跟你们说，去那里看看后你们就知道了，一定不会心疼自己所花的钱。"

父亲说这话时，我正好 6 岁。穷困潦倒的父亲，为了家里 3 个儿女的学费，决定外出打工。借了 100 元路费后，父亲匆匆出发了。一年半后，父亲风风光光回来了，不仅交清了我们三兄妹的学费，还把房子里里外外装修了一遍。父亲顿时成了村里最红的人。

于是，从小到大，我们一直以父亲为榜样。初三那年，因为贪玩，我从树上摔下，胳膊断了，那一阵子，我十分沮丧，甚至以为自己从此都无法写字了。哥哥把哭泣的我狠狠批评了一顿，最后他说：“好好振作起来，我们的父亲是见过大世面的，我们也绝不能做孬种。”

我胳膊康复的那年秋天，父亲要带着母亲去上海玩，原因很简单，大山里有一些人对父亲产生了怀疑，无凭无证的，说不定父亲只在大山外溜达了一圈，就瞎编说自己去了很多大城市。这不，父亲就说，一定要带张照片给大伙看看。

国庆节之后，父母回来了。哥哥便问：“你们真去了，好玩吗？”母亲说：“当然去了，太美了，那是我这辈子见过的最美的地方。”我们小小的眼睛里便充满了期待，我们三兄妹甚至还约定，好好努力，十年后相约在东方明珠塔前见面。

父亲的手里还有一张照片，那是他和母亲在东方明珠塔下照的，一栋笔直的塔楼前，有两张幸福的脸。

从那以后，父亲在乡亲们面前，把腰杆挺得更直了，村里人更加尊敬父亲了，见了我们也都客客气气的。

后来，我们三兄妹相继考上了大学，父亲也开了家饭店，成了大山里第一个敢吃螃蟹的人。我研究生毕业后，和哥哥姐姐相约在东方明珠塔前见面，去了才知道，那塔比照片里的还雄伟十倍。只是在给父母的家信里，我仍口口声声坚持，那模样和照片里一样的美，没白来一趟。

事情的真相，是父亲住院后，我们从母亲口里得知，其实父亲从来没有去过上海，第一次出去，父亲到县城里的煤矿呆了一年半，第二次出去，父母也只是在省城里兜了一圈，照片是在照相馆合成的。

我的心中涌起一种异样的情绪,眼泪充盈了眼眶。与父亲对视时,我的眼睛里没有任何蔑视,相反的是尊敬和感激,尽管,我的父亲,他从未出过远门!

春天里最美的风景

我是在茶楼遇到他的，他提着一个公文包，几缕稀疏的山羊胡在人潮中格外显眼。我曾做过多年老年报记者，这样的男人是我每天关注的对象。好奇心驱使，我决定不急不慢地跟着他，他在一条街的拐弯处停下，朝路边的几个小贩友好地笑笑，然后转身走进了一家饭店。饭店不大，里面稀稀落落地摆着几张桌子。等他再出来的时候，已经换上了厨师的服装。

我很惊讶，因为这个店里至今没有一位客人，可他却紧张地忙碌着，洗菜，切菜，像是在等一位重要的客人。

我缓步走了进去，他盯了我一眼，有点惊讶地问，吃饭？然后笑了，现在还早呢。

我跟着笑，我跟他攀谈起来，他告诉我，他在街那边还有家茶馆，过段日子就会把这家饭店转让。

其实都已经谈妥了，他转过头来说，只是有件事我还割舍不下，所以一直拖到现在。

他准备炒菜的时候，有一个拖着一个麻布袋的小男生从远处朝这边走来，我看见男人的脸上马上露出笑意来，莫非这就是他要等的贵客？

小男孩把装满空瓶子的麻布袋放在一边，然后快乐地说，叔叔，我要和昨天一样的菜。

男人示意小男孩坐一会儿，小男孩的眼睛左顾右盼，看得出，这是一个聪明活泼的孩子。男孩从身上摸出一张皱巴巴的人民币，男孩说，妈妈说的，这是给您的医药费。

是张十元的人民币。男人的眉头顿时打结，男人说，不是说好了，拿瓶子抵押的么。

男孩抿嘴说，妈妈说，那还不够。她只想不欠您太多。

我去厕所的时候，看见后面几个人在小声议论着，一个说，看，又来吃白食的了，真搞不通，余老板心肠咋这么好？另一个说，我看这小孩斯斯文文的，打扮得也不像穷苦人家的孩子，怎么就干些骗吃骗喝的勾当。

回来时，我终于忍不住，坐在了小男孩的旁边。我说，你妈妈病得重吗？

男孩低下头，是的。很重，咳嗽，有时还吐血。

那你爸爸怎么不送她去医院呢。我看了看男孩，他洗得一尘不染的白衬衫，在阳光下闪闪发光。

男孩的声音有点低沉，我爸爸不在了，妈妈说他去了远方，不会再回来了。

我的心一紧，我说，你知道你妈妈得的是什么病不？

男孩摇摇头，妈妈说，她得的只是感冒，吃点药就好了。

大概多久了？我继续问。

男孩平静地说，两个月了吧。我想让妈妈的病早些好起来，这样她就能继续教我读书写字了。

所以你每天都在拣废品，赚点钱只是想让妈妈吃好点，早点好起来。

男孩点点头。其实我什么都干过，做过瓦工，卖过报纸，也进过工厂。男孩感激地望了望正在炒菜的男人，接着说，叔叔说他有个朋友开废品店，所以他让我拣点废品来，挣的钱就给妈妈买药。

过了一会，男人把菜都炒好了，男人找了个保温瓶，盛好，摆在男孩的面前。

男孩起身说，叔叔我给你钱。他在身上窸窸窣窣地摸着，不一会就摸出一把零碎的钞票来。

男人微笑着，从中间拿起一枚一角的硬币，男人说，一枚，一枚就够了。

男孩说谢谢，把钱收好了，提着保温瓶，男孩又说，那叔叔我明天还可以来吗？

当然要来。男人说，明天我让医生陪你去看看。这样你妈妈就能快点好起来。

大概是心疼家里的母亲，男孩快步朝前走。走到拐弯处的时候，男孩回头朝我们挥挥手。

我看见，男人的脸上垂下一滴泪。

真是个苦命的孩子。男人说，没了父亲，母亲又病了，在这个城市里无依无靠。可是有什么办法呢，我能帮的也就这么点。

我突然叹了口气。

男人又说，我知道他们不会白受我的恩惠，所以我只能采取这种方式来帮助他们，你看。透过男人指的方向，我看见另一间房子堆满了男孩捡来的废品。

所以你一直不肯转让饭店，为的就是这个孩子？

是的。我答应过自己，男人最后说，只要能帮助他们一天，我就会来这里一天。哪怕，哪怕，只有他一个顾客，我也会坚持。

男人走的时候，一道斜斜的影子映在我的心里，我知道，这是我整个春天里见到的最美的风景。

大山里最美的人

我是经人介绍才知道那个小学校的。学校隐在大山的深处，如果不是刻意寻找，即便是经过，也不会把那两间破烂的房间想象成一所学校。一块黑板，20张桌子，那就是男人的全部家当。男人高中毕业后，就一直在这个学校里呆着，他的年龄和这个学校一样沧桑。

至此后，我就经常来这个学校听课，搬条凳子，坐在后面，听着男人讲解数学运算，或者和同学们一起唱着男人自编的儿歌。每次去，男人都很兴奋，他热情地邀请我到他家做客，他家就在另一间教室里，一块屏风分成两块，里面是卧室，外面是客厅。男人就坐在门口处，眺望着远方，目光里充满了期待。

与男人慢慢熟了起来。男人告诉我，他高中毕业后，本来是和几个同龄人一起去沿海打工的，可是父亲却拦住了他，父亲想让他去村小学当代课老师，男人就这样留了下来。男人说，其实中途也想过要走的，毕竟太苦了，就一个人撑着，从一年级教到六年级。可是每一次连包裹都收拾好了，走到学校门口时，却再也无法再踏出一步。男人还说，别看我这辈子没出过远门，其实我知道的事情还很多呢？

男人知道的确实还多，比如说起世博会，说起房价调控，男人顿时头头是道，我不禁纳闷，在这个几乎与世隔绝的大山里，他是怎样做到的？男人就笑，他拿出一个破烂不堪的收音机说，靠这个。又说，其实，不管在哪里，都得有志向、上进，就像大山，再大的风雨，也不会折腰。男人还说，人可以穷，但不能穷知识，自己可以苦，但不能苦孩子。

我望着他，敬佩之心油然而生。男人在这个大山里过了一辈子，但他的心却从没被尘世所淹没，他说到了上进，说到了知识，说到了志向，他把一种坚守做成了最美的事业。

我说，你现在最需要什么呢？男人低头沉思了一下，说书吧，孩子们最缺的就是好书，能拓展视野，丰富知识的好书。回来后，我和几个出版社联系了一下，特意给他们送去了一批书。之后，因为出国学习的关系，我有大半年没去他那里，等再去时，两间瓦房已经成了一堆碎砾，后来我才知道在一场大风中，男人的房子被刮倒了，为了救孩子，男人被掉下的砖头砸伤了，所幸没有生命危险。

男人仍然在教书，不过已经搬到了一排民房里。房子不是太大，却布置得非常温馨。我去时，男人正在地坪里砌一块乒乓球台。见我过来，男人连忙放下手中的灰桶，跑过来，伸出溅满水泥的手，又缩回，讪讪地笑。男人说，要不是村里集资建了这排民房，他都不知道自己将来要去做什么？男人带着我去参观他的学校。令我惊讶的是，四间教室都被装饰得浑然一新，雪白的墙壁、崭新的课桌，虽谈不上豪华，但处处透着生机勃勃。男人告诉我，现在学校里一共有5位老师，都是他的学生，从这里走出去，又回到了母校。男人的魅力，无处不在。

更让我惊讶的是，还有一个专门的图书阅览室。三个大书架，一字排列，架子上的书分类都很详细，十张桌子，整齐划一。桌子上还放着免费的茶水和笔。男人说，每到周末，这里就会人满为患，老人孩子都喜欢来这里喝茶看书。男人笑着说，有时候人太多，就只好把上下午分开，上午对学生开放，下午对乡亲们开放。问他，周末都耗在了学校里，不累吗？男人说累也值啊，看着他们早上幸福地来，下午满意地离开，这不正是自己所追求的么？他说，等凑点书，他准备再建一个房子，弄一个大一点的图书馆，让全村的人都能看上书，都能看好书。他笑了，加一句，如果有条件，他希望再建个篮球场，让孩子们的业余生活更丰富点。

那个下午，我把我带来的两箱书都放在了他的阅览室里，我和他一起忙着给书分类，忙完了，我说，我还会来的。男人就笑，等你再来时，这里肯定有了新变化。

我相信男人的话，我想男人能在大山里一呆就是30年，正是源于他对学生的热爱，他对教育的热爱，他迫切想通过知识改变大山贫困的期待。一个朴实的男人，把本来只有一个人的学校，办成了现在的规模，并且还在扩展，我没有理由不敬佩他。

从没走出过大山的男人，也许很多人会说他狭隘，可是这并不妨碍他现在所做的一切。男人说，知道吗？虽然我失去了很多，比如金钱，但我收获更多，能为大山尽一份绵薄之力，这就是我此生最大的价值。说到这,男人笑了,男人的脸上洋溢着期望,与一年前的沧桑,已经大不相同。

有什么理由不去支持他呢,这个大山里的男人,无论是他的睿智还是他的上进和责任心,都值得其他人去效仿。这样的男人,无论是现在还是将来,都是大山里最美的人。

奶奶的看

奶奶只是个平凡的女人，她和这世上的大多数女人一样，都有个共同点，那就是极爱卫生。每天早晨起来，整理内务便是奶奶的第一件事，哪双鞋子应该摆在哪里，哪件衣服应该挂在哪里，都十分讲究。

奶奶性格有点怪，她从不想闲下来。从早到晚，她的小房子里总会坐满人，走了一批又会新来一批，全是老人。他们所讨论的话题也全与老人有关，要么就是东村的张三生活得怎么样，要么就是西村的李四死得怎样的痛苦，谈着谈着自然而然就落到自己的身上。奶奶已经活了 70 多岁，说实话，她是害怕死的，但生老病死本是自然规律，连伟人们都无法逃脱，何况他们这些凡人。奶奶说，她只求死得轻松一点，最好是能在梦中死去，就像西村的张老师一样，在梦里腿一蹬，就轻轻走了，没有半点痛苦。屋子里的客人走后，奶奶就会寻一些事情来做，比如上山拾些干柴，又比如到领导家带带小孩。奶奶常常说害怕静下来，因为一静下来，她就会不自觉地想起某些事，某些人，很痛苦。

奶奶这一点是不是源于 1969 年，我不得而知。那一年，我的爷爷在一次出集体工时，不小心把一张毛主席像弄脏了，被邻居揭发，最后在狱中郁郁死去。

奶奶不愿出远门，她害怕找不到回家的路，幸好现在有了电视，她可以搬条凳子，端坐于电视机前，认认真真看着，兴致来了也会发些惊人的感慨，比如惊叹天气都这么冷了，电视里的人竟然还穿着短裤 T 恤，身体就是棒啊，或者指着电视里的某个接吻镜头说，你们看看这像什么话，光天化日之下竟做出这般缺德事，真是道德沦丧。这个时候，你要是试图向她解释什么，那是白费力气。

奶奶年轻时，也算走南闯北的人物，居然理解不了电视里的风花雪月，也理解不了寒风为何冻不坏那些穿短裤的人。

奶奶最喜欢看的就是武侠剧，一部《天龙八部》她都看了十几遍，也不厌倦，但要是放其他的片子，尤其是爱情片，她就会嗤之以鼻地说："这算什么破东西，拿来放只会教坏小孩子。"在《天龙八部》里，她最喜欢的人物就是乔峰了，她说这个人豪爽得很，就像当年我爷爷，其实，奶奶看电视的深度就仅限于这个层次了，要问起些别的问题，奶奶就像拨浪鼓般摇着头，说不知道。你要是再问，奶奶就会威胁着拿凳子走人。这个时候，我们就会赶紧闭口，静静地陪着她看武侠剧。谁也不敢再开口，怕惹奶奶生气。

奶奶本是喜欢青春剧的，但有次她在看新闻时，听说某个明星居然穿着外国人的衣服时，她的火就来了："什么是卖国？你看看这个丫头，这就是典型的卖国求荣啊。"她的眼里有着深深的敌意。从此,她不再看有关这个青春剧的戏,也反感我们提起这个人。

乔峰算是奶奶心目中头号偶像。其余的电视偶像还有刘德华、周笔畅,等等。我觉得奶奶喜欢刘德华的英俊让人不能理解,但她对周笔畅的信赖和喜爱倒是令人惊讶。每当湖南卫视出现周笔畅的镜头时,奶奶就要满心喜悦地念着她的名字,就像那些追星族一般的惊喜。要是看到周笔畅在舞台上扭来扭去,奶奶也会跟着动,嘴里还说:“你们看看,这个孩子真不简单,这么小年纪就能征服台下那么多人,厉害啊!”有一次,她突然问我:“你应该也是喜欢她的吧,这么好的女孩子你不喜欢她,喜欢谁啊?”

我笑着说:“天下的女孩子那么多,又不是她一个人最好!”

她撇撇嘴,不以为然地说:“反正我就觉得她好,将来你要是能娶到这么好的女孩子,是你的造化!”

她说罢,就继续看她的电视,不再理我。

大约从去年下半年开始,奶奶的身体越来越衰弱了,眼睛里的白内障也在扩张,听力和记忆力也明显地下降。看电视时,她往往听不到任何声音,这时她就会说:“电视机是不是出毛病了?”直到我们把声音开到最大,她才会满意地点点头。我们劝她上床去睡,她不,坚持着不。她说害怕自己在睡意没来之前就让心艰难地流浪。其实她也知道自己真的老了。她只是想打起精神多听听这人世间的声音,哪怕是摆出一个听的姿态。但我知道,这个世界是离她越来越远了,黑暗正在她面前挥舞着大棒。她尽力张大着眼睛,但目光明显是苍白和无力。有一天她突然问我:“远处的那个人,是不是张老爹?”

其实远处的不是人,只是一棵树。

今年五一回去的时候,我在奶奶面前大声喊着,喊了三声,她看了半晌才说:“你是谁啊?我认识你吗?”

这个时候,我感到非常难受。

我默默地牵着她苍老的手,我知道她已经记不清我是谁了,也看不清我了——她的孙子,一个已经长大了的孙子。

雨中的背影

有一个人总在雨来时冲出家门,那便是我的父亲。

家门前有一个小渠,那是村子里几百亩水田的生命线,但这么多年来,谁也不曾疏通过,以致里面堆满了淤泥,一到下雨天,上游的水库闸门就会使劲地放水,下游的小渠承受不住了,便经常溃堤。入眼处,到处都是白茫茫的一片,村里人看得都傻了,傻得什么都忘记了。只有父亲还记得要去放水,要去救禾苗。

母亲自然要叫我们去送雨衣和斗笠,然而父亲决计是没有闲空的,他就像一架上了发条的机器,在田与田之间来回奔波,他披上了大斗笠,一动,风就好像故意和父亲开玩笑似的,把它吹得远远的。父亲是急性子的人,也懒得去捡,他只顾忙着把田与田之间的水向外导。

为这,父亲没少挨母亲和奶奶的批评。奶奶说,那些田又不是你的,你忙个啥啊。奶奶说话时,母亲并不插嘴,等奶奶叹着气走了,才开始数落父亲,但父亲并不在意,他湿淋淋地站在屋子里,垂着衣袖,笑着听母亲唠叨,仿佛在他看来,挨批其实也是一件很快乐的事。母亲一边唠叨着，一边把准备好的热水提到浴室里，父亲洗澡时，母亲又让我们把干净的衣服给他送去。

这些年，我一直在想，其实在母亲心里是并不埋怨父亲做这些事的，她也心疼那些禾苗，就像心疼我们一样，她只是责怪父亲太不爱惜自己的身体罢了。父亲年轻时身体确实很结实的，他什么也不怕，风雨再大，也拦不住父亲去放水的决心。有时父亲喝一声要去放水，便被眼明手疾的母亲拦住了，已略懂事的哥哥则赶紧去寻雨衣和斗笠，父亲戴上斗笠穿上雨衣，一出门，风就把斗笠给刮跑了。父亲也不去捡，也许他知道就是捡着了，风一刮，还是会跑的，还不如节省点时间多做点实事。穿着厚厚的雨衣在风雨中干活也不是件轻松的事，父亲是个急性子，他是不想穿雨衣，所以每当父亲赶回家时，父亲总是湿着身子，雨衣就拿在左手里，一抖，雨珠子像箭一样飞射开来，溅了我们一身。待我们弹落身上的雨珠，再看父亲时，他早已奔进里屋去聆听母亲的教诲去了。

当然我那时并不能完全理解父亲，我猜他也是和我们一样，喜欢雨的。当他看到那一汪汪的水往下走，那神情和我们在游戏中胜了的神情没有两样。因为下雨的时候，小孩子都是不会打伞的，就在如丝的小雨中嚎着叫着穿来穿去，直到被大人喊了，才依依不舍地跑回家里，若是淋透了，自然是少不了一顿批评，但我们心里却是甜甜的，仿佛那雨已洒下湿湿的芬芳，滑落到心底，与年轻的思绪交织在一起，在心田里默默地流淌。

有一年夏天，天气干旱，沟里都没水了，田里也干了，秧苗们都耷着黄黄的脑袋。父亲就一家一家地劝说，把小渠疏通一下吧，免得下雨时又溃堤。只是没有人听他的，大家都认为这个夏季没雨下了，何况疏通小渠也并非一两天的事情，有人粗略地算过，就是把全村的劳动力加起来，把小渠疏通也得要个把月的光景。父亲对此很失望。后来下大雨时，父亲终于耐着性子没有出门。母亲也特别高兴，特意陪着父亲在屋檐下看雨，看秧苗饮水的姿态。但一当母亲进屋拿凳子时，父亲“嗖”的一声就冲出去了。

现在我想，其实父亲当时取下雨衣，一定是觉得太麻烦，想想那么多稻田淹没在水中，父亲心里一定是很急的，因为他爱那些禾苗就如同爱他的孩子一样。

小时候我常常觉得母亲的念叨多余，现在回想起来，觉得她是对的，父亲年轻时不珍爱自己的身体，年老了也是一样。而现在的那条小渠，依然还是没疏通，下雨的时候，依旧溃堤，依旧还是会把白花花的水往田里灌，只是父亲已再不能冲进雨里了，他唯有在屋檐下一声声地叹气。经常叹着叹着，眼角里就湿了。

有时我看着父亲的这种神情实在不忍，就提了把锄刀往雨里赶，我远远地朝水田奔去，走到以前父亲挖口子的地方，就那么一站，却已感觉贴近了我的父亲。

我的小小流浪狗

丈夫是两年前去世的,他得的是肺癌,晚期。我和他一起度过了他最后一个生日,那天晚上,他收拾好行装,出了银行外,他带走了一切能带走的东西。

出门前,他把阿珍紧紧抱在怀里,3 岁的孩子很惊讶地问:"爸爸,你要去哪里?"

"我的宝贝!"他说,"我要去中国办事,可能很长时间都不能回来。我很舍不得你,可是我也没有办法。"他把孩子抱住,又使劲亲了三下,然后,起身。

"那你什么时候能回来看你的小小流浪狗啊?"阿珍睁大明亮的眼睛问。

回头,他的脸上已是一片晶莹,张了张嘴,他没说话,只是提着行李快步向前走。

我送他回了老家,最后的日子,他不愿让我们看到他的痛苦,他只想一个人安安静静地度过。

丈夫"走"后一个星期,从中国寄回了他的第一封家书。我把信拆了，放着淡淡的轻音乐，然后念："亲爱的小小流浪狗，我已经来到了中国，我在这里一切都好，不要挂念，你在家里还好吧，记得要听听妈妈的话，知道吗？"最后落款是："想你的大大流浪狗。"

再看孩子，她已经进入了甜甜的梦香。

丈夫总会固定在礼拜天准时寄来他的家信。我每夜都会读他的信，一封信重复念上 7 次，谁也不会觉得厌烦，因为这已变成了我和孩子每晚的必修课。

有时候孩子闹脾气，不想吃饭，我只要把他的信拿出来，阿珍一下子就静了下来，只是充满期待地问："爸爸什么时候回来看他的小小流浪狗？"

"快了，快了。"我转过身，不敢看她的眼睛，再回头，孩子的眼里已是一片朦胧。

第 50 封家书，他写道："孩子长大了，不能没有爸爸，如果可以，你找个能代替我的人。""就算你再嫁一次人。我还是那么爱你。"最后他这样说。

一个月后，我认识了乔治，和我丈夫都是从事同样的工作：桥梁设计。人也长得很像，最重要的是，他有一颗爱心。通过三个月的交往，我确定自己爱上她了。于是，我把自己的情况详细地告诉了他。

"让我跟她见见面吧，"他很乐观地说，"我相信她会喜欢上我的。"

尽管如此，我还是犹豫不决。

圣诞节前夕，我念了丈夫写来的第 100 封，也是最后一封信。“亲爱的小小流浪狗，我在中国的任务完成了，我明天就回来了。你高兴吗？”

出乎意料，阿珍没有我想象的兴奋，我从心里抽了一口气，担心她能不能接受乔治。但我已经没有退路可走了。

圣诞节那天，阿珍早早就起来了，吃了饭，按照预定的设计，乔治扮成圣诞老人的模样出现在门口：“我的小小流浪狗，你看谁回来了。”

我望着孩子，她的眼里充满了惊喜，往门口跑，可是当她听到“小小流浪狗”时，一下子就停下来，呆在那。乔治走到孩子面前，温柔地说：“孩子，你不认识我了，你不记得你爸爸了？”

我的身体绷成了一条线，紧张地望着这一幕。然而最坏的担心还是发生了，安珍很快脱掉了他的圣诞老人衣服，露出一张健康的脸，阿珍的脸上表情很复杂，喜悦与怀疑、恐惧参半。

继而，阿珍转头走了两步，然后回头，扑过去，一下子就哭了：“你为什么这么迟才来看我啊！”

终于放下心来，乔治望了我一眼，把孩子抱起来，狠狠地亲着，他眼里含着泪说：“爸爸再也不会走了，再也不会离开我的流浪狗了。”

孩子永远不会知道，那些信是丈夫生前最后一个月写出来的，然后托他朋友，从北京邮回来的。

父亲的信仰

我 8 岁那年,父亲开始跟着二舅贩卖鸡蛋。

这样一直干了 5 年,二舅又建议父亲游乡卖烟。开始我父亲不大乐意,在母亲的多次劝说下还是动了心。

父亲请人织了两个大的箩筐,开始打造一种新的生活。

我二舅这人,对外婆是颇有微词,但对于我们家却是百般照顾。

每天清晨,当我们还在梦的伊甸园里遐想时,父亲已经披着星光远走他乡,直到夜里八九点,我们才看见父亲挽着一担月光赶回家。

这时我们兄弟俩,总会分工合作,一个给父亲摇扇,一个给父亲盛饭、倒茶,母亲也会笑容满面地立在一旁跟父亲说着深情的话,就像一阵轻风拂过他疲倦的身躯。

父亲跑的地方很广,益阳、汉寿、常德、沅江这个区域的大部分地方他都会照顾到。

那几年,父亲满满的一担烟,基本上都能卖完。但从 2001

年开始，由于个体商店风起云涌，再加上到广东那边打工的人越来越多，父亲的烟便不太好卖了。

2005年8月9日，父亲病倒了。整整一周没有去卖烟。于是，有一位常德的老人家赶了二十多里路，找到我家，还没进门就气喘吁吁地问我父亲，这一周为什么没去？他说，父亲人品好，他就是愿意买他的烟，虽然他家50米外就有商店。

父亲被深深地感动了。

自此后每个日子他都会风雨无阻地奔波于山岭田野间。

他告诉我们，卖烟已经成为他的一种信仰。

8月16日那天，天气炎热，气温高达40度。父亲下午三点就回来了，却独不见他的行囊。父亲的右臂上还隐见血迹。

父亲说，他经过汉寿时，看见一个歹徒抢人家的钱包。他想都没想，甩下担子，拿起扁担就上去搏斗。在搏斗中，他被扎伤了右手，终于将歹徒制服，并扭送到派出所。回来时满满一担烟就不见了。

父亲叹了一口气，一屁股坐在椅子上，说他对不起我们。

母亲没有说话，只给父亲倒了杯茶，就那么一杯浓浓的茶，却抵过千言万语，因为我看见父亲脸上立刻堆满了春天般的笑靥。

就在父亲一叹之间，就在父亲的背影中，我的眼前浮现另一个画面：在一条名叫父亲的道路上，我们的父亲正弓着背、快乐地劳动着，他在浇灌路面。而我们以及我们的子孙也将顺着父亲的足迹，为这条路继续添花栽草。

爱，将我们温暖地包围

朋友生日，我们前去祝贺，来的都是一些老朋友。朋友在厨房忙碌着，而他的儿子，不停地过来给我们端茶倒水。我们都不由惊讶，这个顽劣多年、不知惹下多少大祸的少年居然能改邪归正？

吃饭的时候，男孩不停地给我们夹菜，那份真诚绝对不像做作。大家都好奇地望着朋友，希望能从他的嘴里知道改变顽童的秘密。

朋友的表情却突然严肃起来，他指着墙上的一幅遗像说："这都是他的功劳。"

这是个慈祥的老人。我们都没有说话，我们知道在这幅遗像的背后，肯定有个可悲可泣的故事。沉默了一会，少年上去给老人上了一支香，然后开口了。

那是两个月前的事情了，那时少年正在读初三，由于多次与老师对抗，班主任强令他回家请父母过来。他却没回家。揣着从家里偷来的两百元，上了到成都的火车。

那里，他有一个打工的朋友，他甚至希望在那里找份工作，重新开始自己的人生，赚够了，才体面地回来，好叫那些曾经看扁他的人，颜面顿失。

下了火车，接着坐汽车。正是上班的高峰期，车里人满为患，这时，上来了一位古稀的老人。少年望了一眼老人，突然站起来。

尽管他年少顽劣，但他的本质并不坏，一刹那，少年心里想的只是这个背着一大袋米的老人是多么可怜。

他让老人坐了他的位置，然后聊起来。老人是来看女儿的，女儿说她喜欢吃家里的米，于是家里刚打了新米，老人就送过来了。

那是一个炎热的夏日，车刚过桥头，车厢里便传来两声巨大的爆炸声，接着火焰蔓延开来。少年被这一幕吓坏了，老人大喊："赶快砸玻璃！"说着，便开始用手砸，奈何老人力道太小，玻璃没有丝毫反应。少年这才醒悟过来，赶紧取下窗边的安全锤，一锤，两锤……

火越来越大，夹杂着浓烟，少年感觉浑身都浸泡在热浪中，但他没有犹豫，继续敲打着，很快便打开了一个大口子。他大声喊："爷爷，你先走。"老人却喊："没时间了，我都一把老骨头了，你还小，你先走，不要管我。"说着，便推着他往缺口钻。

他从缺口处跳了下来，他转身想去救老人，但一股汹涌的大火从缺口处喷出来，只剩下老人声嘶力竭的声音："去找我女儿，告诉她，我永远爱她……"

他的眼里流下来，他轻轻地说："老人坐在窗口，他完全有机会活下来,是他用自己的生命换来了我的重生,我能不好好做人么……”

他已经泣不成声。

我们的眼泪也都落了下来,我甚至在脑海里一次次重复那惊心动魄的一刻。这就是人间的爱啊,父母深情的爱、夫妻动人的爱、亲人关切的爱、朋友仗义的爱、陌生人无私的爱,这些温暖的爱,无时无刻不包围着我们,我们怎能不好好地活着,活出个精彩,活出个希望来!

走下去，前面还是你的天

汤恩·罗伯特是个旅行家，他最大的梦想就是沿着中国的边界徒步走一圈。他认为这是一次史无前例的野外旅行。为了这个梦想，他整整做了一年的准备，在正式离职以后，他认为时机已经到了。

背上厚厚的旅行包，他从新疆出发，不几日，就走了 200 多里，每天他都会给家里人联系，报告旅行的最新进程。

可他没料到，一场巨大的龙卷风会如期而至。为了活命，他只得扔下了他的旅行包，跑到一棵树上，死死地拽住，但仍没有幸免。两个小时后他才发现自己被龙卷风刮到了一片不毛之地，除了身上的一个小包，他的一切生活用品都被龙卷风带走了，他几乎变得"一无所有"。更为糟糕的是，他的手机也没电了，这就意味着他将得不到任何援助。

恶劣的环境再加上食物的短缺把汤恩·罗伯特推到了绝境。此时，汤恩·罗伯特清楚地知道，如果不能走出这个无人区，他将很难再见到家乡的太阳。

为此,他不得不强行逼迫自己向前走,累了就倒在路上小睡一会,醒来了就继续向前。没有可吃的东西,他只得寻找无人区里那些仅存的稀有小草,抹一把就塞进嘴里。挎包仅有的一瓶水,他只在渴得无法忍受的时候去舔一下,在最艰难的时候,除了靠信念的维持,他别无所托。

夜晚很快来临,因为是无人区,夜里气温从 30 多度下降到零下 5 度,他感到了明显的寒意,赶紧躲进了一个岩洞里。饶是如此,他还是被冻伤了。

在常人看来不可思议的旅行中,罗伯特却整整坚持了 25 天,白天拼命地前行,与炙热的气温搏斗,与随时席卷而来的龙卷风斗智斗勇,晚上则钻洞找落叶同床共枕。

最后一天的行走,他看见了山那边的炊烟,却不料突如其来的龙卷风再次将他裹了起来,扔进了浩瀚的湖水里,巨大的冲击力让他短暂昏厥过去。但是他又奇迹般地醒了过来。让人更难以想象的是,他开始朝岸边游,累了就浮在水上休息,饿了就喝几口水。4 个小时之后,他终于到达了岸边。

他成功地得救了。汤恩·罗伯特也成了头一个在无人区跋涉 25 天后奇迹生还的第一个外国人。这 25 天内,他瘦了 25 公斤,指甲长了 7 厘米。

在获救后第三天,他给家人打去电话,他告诉家人自己还活着。

很多人都觉得这样的事情像天方夜谭,但是他做到了。面对媒体的采访,他只说了一句话:“每个生命都是一种行走,走下去,前面还是你的天。”

人的一生何尝不是一种行走，当独自面对，才发现除了自己，你一无所有，也正因为只有靠自己，你的潜能才会无所保留地激发出来。

所以，面对困境时，千万不要郁闷和气馁，坚持走下去，前面还是自己的那片天。

等信的女人

每天早上我都能看到这个女人。

烟雨霏霏的江南早春，一个脸上还挂着露珠的女人，就端坐在路的尽头，翘首期盼。

也许没有人知道她在等什么，人们所知道的就是天蒙蒙亮的时候，这个女人就搬了条凳子坐下来，然后到月亮升起来的时候，才依依不舍地回去。

转眼春去夏来，这个女人还是会在固定的时间、固定的地点出现。

有一次，我忍不住好奇，走过去搭讪。“你在等谁?”我问。“我在等信。”她平静地说。见我脸上一脸惊讶，她又补充：“我的新婚丈夫出去执行任务了，我在等他的信。”“信?”“恩，他说他每天都会给我写信。所以我在这里等邮差经过，我的家远，我怕邮差不知道。”

我低眼看了一下，她的凳子下面有个黑色的背包，她打开给我看，里面全是信。“我每天都要从头到尾地看。”她笑着说。看着她脸上洋溢的幸福,我的心被深深打动了。

转眼春去夏来,这个女人还是会在固定的时间、固定的地点出现。我的一些朋友曾对我说,当他们看到这个等信的女人时,不知道为什么总觉得她与他们身边的女人不同。我也有相同的看法。

一天晚上,我下班经过的时候,看见她还在,我走过去问:“他还没有回来吗?”她摇摇头。“你拿到信了么。”她看了我一眼,赶忙从书包拿出一封,“你看看哈。”我看完信,长长地吐了口气,“那你拿到了信,为什么不回去呢?”她羞涩地说:“我想他回来,我在等。”

整个晚上,我都被女人的故事深深震撼着。回来后我问一个朋友:“你的朋友中有认识余德忠的么?”朋友打了一个长途后说:“你是说那个来自四川的小伙子么?”朋友叹了口气,说:“他在一次事故中受伤了,到现在还没有脱离危险期。”我恍然明白了,为什么她每天都会收到一封信,那些肯定是他的战友写的,为的是不让她担心。

我想:在军人的家属中,像女人这样等待亲人回家的还有很多,有的是父母,有的是兄弟姐妹。虽然这种等待是煎熬的,但我相信,在这种等待中,他们都是快乐的,因为有一样东西一直陪伴着他们,那就是爱。

第二天上午,我经过的时候,意外的没有看见那个等信的女人,我感到一阵失落,或许是她病了,或许是她去部队了,我这样自我安慰着。我突然想起了一位作家说过的话:“当我们绝望时,只有爱才能让我们活下来。”我相信,那个女人以及全天下都在等待的人,他们都能如愿以偿。

相处之道

小雨是我的学生，一个来自农村的学生，因为贫穷，他在班上，衣服是最烂的，经常补了又补，伙食是最差的，他怕人家笑话，一个人躲得远远的，饶是如此，还是有不少人以欺负这个乡巴佬为荣。好似小雨就是大家的出气筒，谁要是心里不痛快了就去捉弄他，男生如此，女生也如此。小雨脾气好，一直都忍着。

一次班会课，我给大家讲了一个故事：

我在读大学的时候认识了徐群，他的父亲是家大公司的老板，仗着父亲有几个钱，在学校里耀武扬威，他还有个跟班叫徐忠。班上有一个来自甘肃的男生，名叫成克，长得又矮又丑，学习很好，但人很孤僻，一有空闲就到顶楼看书，很自然，他成了徐群他们捉弄的对象。

有一次，他们看到成克又去看书了，便带着一群朋友到顶楼唱歌，弄得他看不下去，红着脸走了。

到放假的时候，因为空闲，徐群约了班上很多同学去农家乐玩。出乎意料，他也邀请了成克。

中午大家一起在吃晚饭后，徐群说今天是他生日，他给每一个同学都准备了一份礼物。分发礼物的时候，大家都纷纷唱起生日祝福歌。当徐群走到成克身边的时候，大家都静下来，很多人都在猜想这次他又会怎么捉弄他呢。成克站了起来，他说："祝你生日快乐。""哪，给你的。"徐群装作很严肃地把一个礼包递给他，然后转过头，偷偷地笑。"快打开看看。"很多同学在起哄。

成克激动地打开了。里面装着一只癞蛤蟆。大家都笑起来，有人甚至还在嘲笑："瞧，多么精致的礼物啊。""是啊。"成克高兴地说："好久没有见到这么大的青蛙了，谢谢你的礼物，徐群。"听他这么说，大家笑得更开心了。

下午大家一起去爬山，刚到山顶，忽然有人尖叫着："不好了，徐群被蛇咬了！"大家都慌了，不知道怎么办？这时，只见成克快步跑到徐群身边，卷起他的裤脚，然后麻利地撕下自己衬衣的一角，扎住大腿。"徐忠，你去打电话喊救护车。"然后他把徐群的大腿抬起来，"这是五步蛇，毒性很重，得马上吸出来。"说完话，他就开始吮吸，一口口黑血被吸了出来。"我那样捉弄你，你为什么还要救我？"徐群不解地问。"我知道你虽然喜欢开玩笑，但你的心地是善良的。"成克吐了一口黑血说。慢慢的，大腿上的血开始变红了。成克站了起来："我知道我和大家相处得不是很好，我也不想这样，只是我家里比较穷，我的学费都是亲人们到处凑的，我不能愧对他们，所以我只有加倍努力。"

"还有，吃饭的时候，我为什么总是一个人躲得远远的，并不是我不想和大家一起聚餐，实在是我囊中羞涩，没有什么钱买菜。每天我只好吃母亲给我准备的泡菜。”他用手背擦了一下脸，正想再说什么，他的身体突然晃了几下，他试图站直，却再也坚持不住，旁边的几个同学赶紧扶住他。

我的故事也到此打住。我知道不需要再多说什么了，学生们的目光已经告诉我了一切。中午的时候，我特意去看了一下食堂，很多学生把小雨团团围住，说话的说话，敬菜的敬菜。那种氛围，正是我所期待的。

与大师有约

我决定去拜访大师。

我带了一幅花了千金购到的名画。大师坐在沙发上,闭目养神。突然他睁开眼睛说,你是不是觉得很累又很烦?我说,是的。接着我告诉他我事业上如何不顺利,感情上如何迷糊。有两个女孩子喜欢我,一个人长得漂亮,家里又有钱,可是脾气很坏,一个长相一般,可能力、性格都没得挑。

大师笑了,指着我手上的那幅画说,你认为这幅画怎么样?我说:"人物栩栩如生,是精品。"大师说,你盯住一个地方看,不要眨眼。过了5分钟,我叹口气说:"我花了冤枉钱。"大师从里面拿出一幅画来说,你再看看这幅。我定睛看了5分钟,最后说:"着笔虽然简单,但整幅画色调和谐、浑然一体。"大师笑了,生活就像这幅画一样,只要你用心去看,去聆听,你就知道如何取舍。

大师领着我走到一排空瓶子边说,同样的瓶子你为什么要装毒药呢?同样的心里,你为什么要充满烦恼呢。烦恼就像这些空瓶子,是你自己加水进去的。

我恍然大悟。

回去后我马上给那个长相一般的女孩打了个电话,我说让我轻轻地爱你一辈子,好吗?此后我开朗了很多,有什么心事,就会想起那排空瓶子,我知道如果我不给自己烦恼,别人永远也不可能给我烦恼,可是我的心很小了,已经装满了我的亲人、朋友和我爱的人,我装不下这些废物了。

给心灵留点空隙

生活中很多时候我们都要给自己留一点心灵的空隙，就像我们去打一桶水，装得太满，提着走时，不管怎么小心，总是不断地有水溢出来。留点心灵的空隙，可以让我们在对事对物上，有足够的缓冲余地，或退或进，都能游刃自如。

打游戏时，不管我们的势力怎么样，总想只有赢，人生亦是这样，做每一件事情，我们完完全全地付出，然后总想着完完全全地收割。假如一件事情做砸了，我们就会感到郁闷，这个世界上能真正放得下的人少之又少，所以人生才会有那么多的烦恼。烦恼不会自动找上门来的，都是我们在找自己的茬，因为我们的内心，我们放不下。

恋爱让我们明白了很多事情，也让我们看不破很多东西。我们总想把自己完完全全袒露给对方，也希望对方完完全全是自己的，只是到头来，我们发现，了解得越多，反而失去得越快。两个太透明的人，是不可能太长久的，就好比一个人吃得太饱就会厌食，而不会感激。两个人的爱之间，需要一点神秘，或者说需要一段心灵的空隙,爱情如此,人生也是如此。

不要试图以自己的观点来说服别人。很多时候,这就是摩擦的开始,因为生活中没有绝对的对和错,有的只是考虑的角度不同。要改变别人是很难的,还不如学着尊重别人,包容别人的对或者错。学会宽容,也就给自己心中留下了空隙,以便回旋。

一个人的成功,不是看他赚了多少钱,而是看他定的目标实现了多少。定得太高是一种负担,太小则是一种自我价值的迷失。当我们知道自己需要什么时,我们就找准了自己的方向,这个时候就不要瞻前顾后了,既然选择了远方,风雨便是必然的。

保持一种乐观的心态远比去仇恨别人来得容易,也许确实有些人很无耻,但当我们为别人而想的时候,我们往往才知道,其实他们比我们更可怜。生活已经那么艰难了,我们何苦自己再为自己添把枷锁,月有阴晴圆缺,快乐也是过,忧愁也是过,还不如放下那些多余的包袱,轻轻松松过日子,人也舒坦,心也舒坦。

快乐能使人头脑清醒,拥有一种心灵上的宁静,也能少犯一些不必要的过错。心静了,也就看开了,呈现在你眼前的世界,都是温暖而又美丽的。

是什么能让我们活下来

2007 年,他带着 5 名年轻的队员去探险,他们选择了漂流这种形式。

毫无任何征兆,一场暴风雨不期而至,队员被冲散了,等他醒来时,发现自己趴在一块大石头上,身边少了 2 个人。他把他们唤醒,仔细查找,最后才发现背包里只剩下几块面包。

等身体恢复了些力气,他们开始寻找出路,可四周都是高山,前面又是急湍的河流,还隐约夹着瀑布的声浪。他们开始大喊,渴望着有人听到,但很快他们发现,这一切都是徒劳的,因为这里连只奔跑的动物都看不到,更何况是居民呢,他们开始明白,自己是被冲到了可怕的无人区了。于是,他们开始静下来,希望能多保持一份体力。

高原的黑夜很快来临,寒冷使他们紧紧抱在了一起,但这并不能给他们带来多少温暖,终于在第二天早上,一个队员坚持不住了,说,我们不能在这里等死,再冒险也得试一下。他无力阻止,事实上他也想不出什么更好的办法,那个队员“扑通”一声跳进水里，然而还没过几分钟，就传了几声撕心裂肺的惨叫。

他心里大惊，全身冷汗直冒，他不敢再让队员冒险了，再也不能做无畏的牺牲了，他躺下来，慢慢地说，让我们等人来救援吧。

时间就这么一天天过去，没吃的，他们就喝水，累了就抱成一团。其实，暴风雨来的时候，大家就知道有这么一支探险队出了意外。暴风雨才停，就有两架军用直升机到处寻找他们的踪迹，可是无人区能见度很低，直升机不敢靠得太近，地面救援队也出发了，很快就发现了第一具遇难者的遗体，接着就是第二具。

第三天过去的时候，他似乎听到了直升机的声音，可是他已经没有力气喊了，他把同伴唤醒了，然后重复着这几天唯一的事情——喝水。

时间又过去 3 个小时了，终于有人在喊他们了，他马上爬起来，用尽最后一丝力气，回复他们的叫喊。救援队通过搭建的缆绳攀过来，他们终于得救了。

后来在接受采访时，谈到那次触目惊心的遭遇，他颇有感触地说，那时我们真的没有力气了，我们能做的事情就是等待，我知道救援队一定会来的，这样我们就有了强烈的求生意愿，所以我们一直都在喝水，就是反胃了，也在坚持。事实上，我的猜测是正确的，是什么能让我们活下来，那就是信念。

成功永远是留给那些能坚持到底的人。最后，他这样说。

对自己好一点

2007年，企业高峰论坛会议在北京召开，这几天在郊区的一个公园里，人们能看到一个30多岁的中年男士在晨跑，很多人都感到好奇，有人问他："你现在是华商集团的董事长了，你工作那么忙，怎么还能安排那么多时间给自己锻炼。"

年轻的董事长笑了，他说他每天至少锻炼3个小时以上，这个习惯都养成十年了。"别人也经常这样问我，我想要告诉他们的是，你生命中最重要的是什么呢，绝对不是一份好的工作，而是一份健康的体魄。只有好的身体，才会有好的工作。"

"要知道腾不出时间锻炼的人，早晚会被迫腾出时间生病。所以这些年来，不管有多忙，我都不会去占用我的锻炼时间，没有什么会比健康更重要，我在锻炼的时候，其实我也在享受生活。"

台湾女作家吴淡如说："没有任何东西比你自己的身体值钱。对自己好一点，并不浪费。记住这一点，才有资格好命。"

一位作家、一位集团董事长都把锻炼看得如此重要，并且是提到事业的高度来认识，清醒的健康意识让人不得不钦佩。那么我们，还有什么理由去拒绝锻炼呢，对自己好一点，也就是对自己所从事的工作更负责一点，两全其美，何乐而不为。

欲望的坟墓

90 年代初期,安格拉·得比利是英国一家计算机公司的老总。当时同得比利竞争的只有斯全德的犹氏企业。为了能实现其垄断地位,得比利决定利用策略来收购这家企业。

主意打定,得比利迅速召开公司上层会议,制订计划:利用美色和高薪把对方公司的核心技术人员给挖过来。得比利派他公司最得力的女助手执行这一计划,并限令半个月内把这件事情办妥。

与此同时,得比利宣布他购买斯全德正在开发的 SIO 计划,并在新闻发布会上把这份合同公布于世。

好消息很快传来,斯全德公司的核心技术人员最终同意以 100 万美元年薪的高酬跳槽。为了能彻底打垮犹氏企业,得比利暗地里把他送到了美国,等收购犹氏企业之后再把他接回来。

缺少了核心技术人员的 SIO 计划最终功亏一篑,犹氏企业因为无法赔偿巨额损失,被迫宣布破产。得比利也趁此机会以 1 亿美元的低价收购了犹氏企业,并逼使斯全德离开本地。

但事情远远没有结束。当得知斯全德在另一个城市卷土重来时，为了赶尽杀绝，得比利不惜以重金买通了斯全德的助手，从而获取了斯全德的所开发的软件模本，得比利下令公司技术人员以此为基础，生产出更好的软件。

一个月后，得比利抢先在斯全德的软件上市前一周，把自己的新产品推了出去，新产品一问世，就受到了人们的青睐。销售情况一片大好。

然而，仅仅一个月后，各地的投诉纷纷涌来，原因是得比利所生产的软件，有一个致命性的缺陷存在，电脑用户只有重装系统才能解决。

这突如其来的变故让得比利措手不及。得比利下令技术人员想方设法挽救，仍无济于事。紧接着，当地法院以盗窃尖端技术罪，把得比利告上了法庭。

忧愁、心急的得比利在那段时间彻夜难眠，他最害怕的是他所买通的人才在法庭上出现。审判的前一晚，当他得知自己最担心的事情即将出现时，得比利再也无法控制自己，吞服大量安眠药而死。

安格拉·得比利，这位年仅 36 岁的青年俊杰，为了能实现自己长久的垄断地位，铤而走险，最终把自己推到了欲望的坟墓里，不能不让人深思。

如果再有来生，我希望他们幸福

他从没想到会再次踏上去山西的旅程。娄烦事故后，凭着多年职业的敏感，他知道这只是一个谎言。在联系当地朋友，得到确切答复后，他和搭档一起踏上了去山西的火车。

任何真相的揭露都不是一件容易的事情。在到娄烦的汽车上，他就听说了已经有很多记者去过，但都是无功而返。怎么办？他果断地决定在快到县城的入口处就下了车，然后步行进入娄烦，在事故现场的路上，设了三道关卡，为了不被人发现是记者，他们只好回原路，然后在好心人的带领下，绕过关卡。这样，本来只有十分钟的路程，他们却整整走了三个小时。

他从没想到现场会让他如此触目惊心。在距离塌方事故的6米之外，推土机呼啸而去，一位满头白发的农民手里拿着死去孩子爱吃的香蕉和面包，紧追其后，失声大喊。然而所有的努力都是白费，当地政府已经拒绝挖掘，这个农民唯一能做的就是跪地大喊亲人名字。随着采访的深入，更多的细节浮出水面，灾难其实源于矿渣山的突然滑坡，不仅淹没了山脚下的农民，而且也让上山捡矿石的人悉数被吞。

而更进一步的采访是非常艰难的。在这里,家属的一举一动都受到政府的监控,稍有不慎,就会落入被抓殴打的命运。他只能小心翼翼地采取通过一个家属联系另一个家属的方式来进行。饶是如此,在一次和家属短暂接触后,便有便衣手持警棒架到了他的脖子上,如果不是家属过来解围说是远房亲戚,他肯定免不了一顿毒打。在这里,这是司空见惯的事。

在掌握了确切的证据后,他将遇难人数初步锁定在 41 人。离去的那一刻,很多家属抱着他们失声痛苦,那些期盼的眼神,他这辈子都无法忘记。

然而,让他始料不及的是,他所有的检举都被束之高阁。怎么办?难道让真相永远被掩埋起来,让那么多生命消失于当地政府的谎言中?良知和责任在一遍遍拷问着他。他终于做了一个大胆的决定,在自己所供职的媒体发表了娄烦事件的真相,并被很多网站转载,他本想借助于媒体的力量,只是他没想到在一些部门的管压之下,舆论也变得苍白无力。

他觉得不甘心,那些夜晚,他彻夜难眠。中秋节,他开始给山西省代省长写信,他唯一想的就是让真相大白于天下,还那些惨死的人一份尊严的公道,能引起更大关注。他把这封检举信挂在了自己的博客上,但他没有想到,3 个小时后,他博客上的文章就被删除,而此后威胁和警告的电话也一个个接踵而至。

他感到万分的沮丧。人也整整瘦了一圈。4 天后,他终于接到国务院打来电话,受邀到娄烦协助调查。

想到被掩埋了 40 多天的真相终于即将大白于天下,他激动地留下了欣慰的泪水。

他就是《瞭望东方周刊》社会调查部主任、主笔，曾是《西安晚报》一名优秀的编辑记者：孙春龙。很多去过娄烦但迫于种种压力没有公布真相的记者问他：“是什么原因，能让你如此锲而不舍地坚持下来。”他只说了两句话，第一句是：“我只是一个有良知的中国记者。”第二句是：“如果再有来生，我希望他们幸福。”说这话时，这个坚毅的铮铮铁汉，再也控制不住自己的情绪，泪流满面。

每一步都是整个人生

他出生于马里兰州,他的祖先来自于澳大利亚。他父母是个老实巴交的农民。在家里,他排行老三。

因为家境不好的缘故,父母很早就打算让他弃学,但遭到了两个姐姐的强烈反对。在他的记忆中,那次两个姐姐和父亲吵得很厉害,大姐甚至一度提出让自己来帮助弟弟读书,这一方案最终没有得到父亲的首肯。

虽然吃的都是咸菜干饭,但是他的身体却在急速增长,6 岁时,他的身高已经达到四英尺三英寸,这让他感到很烦恼,但是细心的姐姐发现了这一变化,认为他将是罕见的游泳天才。于是她想方设法地弄了一些游泳方面的杂志给他看,并利用一切闲暇时间给他灌输相关知识。在姐姐的影响下,他对游泳变得近乎痴迷起来。

然而当他把要立志做一名游泳队员的想法告诉父亲时,却遭到父亲强烈的反对。原因是他的两个姐姐已经是游泳队员了,巨大的开销早就让这个贫困家庭感受到前所未有的压力,在经济低迷的一段时间里，父亲不得不靠卖血来维持家用。父亲当场就给了他一巴掌，父亲冷笑着说："你这个傻瓜，你知道白痴是怎么出来的吗？就是像你这样想出来的，游泳？你以为人人都是天才，别做梦了。"

但父亲的打击并没有使他退缩，他和姐姐一起走到了游泳池里，也许是初次涉水，姐姐觉察到他的恐惧，便允许他仰在水上四处飘浮。毫不奇怪，他最先学会的游泳姿势就是仰泳。

随着涉猎的书籍多，他的眼界变得越来越宽了，一方面他每天坚持到游泳池里训练两个小时，另一方面，他心中正在勾画一个理想的大概轮廓，终于有一天他迫不及待地把这一想法告诉父亲，不想却招来父亲的一顿嘲笑："冠军？还要环游世界？你以为你是天才啊，别痴心妄想了，还是好好念你的书，将来找份工作养家糊口吧。"

然而他并不甘心做一个碌碌无为的人。在姐姐的指导下，他总能轻松学会别的少年所不能掌握的技巧，他 11 岁那年，姐姐把他推荐给鲍曼教练。

鲍曼观看他在水池里杰出的表现后，迫不及待地赶到他的家里，对他的父母说："你的天赋极佳，他的潜力是无限的，让他跟我吧。"同样的话语，父亲也听过很多次了，而同时这一年，他成了一名警察，妻子也当了老师。因为经济条件的改善，他也没再阻止教练的请求。

经过坚持不懈的努力，他终于将自己的理想一一变成了现实。2001 年，他打破了 200 米蝶泳世界纪录，成为最年轻的世界纪录保持者，并赢得了"神童"的美誉。2003 年，他接连 5 次打破世界纪录,当之无愧地被评为年度世界最佳男子游泳运动员。2009年,在北京奥运会上,他更是独揽七金,被人称为世界泳坛上的“一哥”。

他就是被人称为游泳运动历史上最伟大的全能运动员,美国游泳队男头号明星的“金童”菲尔普斯。2008年,他带着一家人开始了环球旅行。而最后一站就是长城。想起童年的往事,他感慨万千,站在城墙上他对父亲说:“亲爱的爸爸,还记得我小时候你经常嘲笑我不要痴人做梦,但你的儿子很争气,不但成为世界冠军,而且实现了当时立下环球旅行的誓言。”父亲紧紧抱住他,热泪盈眶地说:“孩子,我永远为你感到自豪。”

后来有记者问他,是什么力量让他将自己的理想一一变成现实的?他说:“我憎恨失败,所以没有人比我训练更刻苦。我知道要实现理想,只能一步一步地走下去,因为我的每一步都是整个人生!”

每一个路人都是我们的亲人

他出生在福建，小时候，由于家里贫困，父母不得不带着年幼的他投奔在浙江临海的亲戚。他6岁生日那天，父亲带他到体育场玩耍，给他仔细讲解每一项运动的由来，对此他表现出强烈的兴趣，并在许愿墙上写下了将来要做一名奥运冠军的豪言壮语。

7岁的时候，他开始迷恋上跳高。在父亲的帮助下，他在家里自制了一块简单的跳高训练场地。每天早晚，他都坚持练习，从不懈怠。

为了能提高技能，父亲每年暑假都会带他去拜访台州市有名气的跳高选手。昂贵的拜师费用，让本来经济就拮据的父亲感到了前所未有的压力。为此他不得不利用课余时间，到市里推销报纸。10岁时，他承包了市区两条街的报纸业务，俨然成了学校里赫赫有名的“报业大王”。

11岁时，浙江省少体校到学校来选拔人才，凭着优秀的成绩，他成功入选，并被邀请到学校参观。出发时，在家门口他看见一个老大爷来行乞，出于同情，他从车上扔了几张票子。出乎意料，那个老大爷不屑地走开，他为此大惑不解。父亲却让车停下来，走下来，不紧不慢地捡起，并和老大爷热情地攀谈起来。老大爷离开的时候，只抽了张面额最小的钞票。做完这一切，父亲才拍拍他肩膀说："孩子，每一个路人都是我们的亲人。你要永远记住，尊重远比同情更重要。"

无独有偶，在省城杭州，因为性格不合，他和班上几个同学的关系弄得很尴尬，父亲知道后特意找了那几个孩子聊天，父亲语重心长地告诫他："孩子，有一件事情你要牢牢记住，那就是微笑，那是你能控制的。你可以失去你的财富、你的美丽、你的地位，唯独不能失去的就是你的微笑。因为只有它才能帮你从跌倒处站起来，也只有它才能将你从失败引向成功。"

父亲这两次讲话，虽不长，却深深震撼了他的心。

从此，他在学校里就像换了个人，他表现得乐观和自信，他的微笑也不知感染了多少经历了太多挫折，打算弃学的人。

他就是被誉为中国田径史上一面新旗帜的黄海强。

2005 年，他加入国家田径队，被列为重点培养选手。队员们亲切地把他的笑容叫做：黄海强笑。同年 7 月，在第四届世界少年田径锦标赛上，他创造了亚洲跳高最好成绩。2006 年，自信的他再次起跳，创造了第十一届世界青年田径锦标赛上的最好成绩。2007 年的世青赛上，他再次引起了世人的瞩目。撑竿跳高传奇人物布勃卡赞誉说："自此，中国才有了一个钻石级的跳高选手。"

而现在他正在全力备战奥运会，我们完全有理由相信：一个乐观、自信的青年,一个把每个路人都当成自己亲人的黄海强一定会给我们带来惊喜,他也一定能创造中国在跳高史上的神话!

无法报答的恩情

前不久,大哥去表哥所在的开普敦出差,带回了一个令人感触极深的故事,是关于一个母亲的故事。

那是今年10月,应表哥的邀请,我和单位的一个同事来到开普敦,考察当地的贸易。吃完简单的午餐后,我们驱车来到了当地的一个少数民族部落,科萨族,大家习惯上都称之为“红人”。

这里正在举行一场成人仪式,在科萨人的传统习惯里,女子进入成人的前三个月,必须禁闭在幽暗的茅屋里,任何人都要绕屋而行,否则便被视为对神的大不敬。

拜访一个当地的朋友回来,天色已经暗了下来,同事忽然说内急,要我们等他一会,说着便匆匆跑开。

大约10多分钟后,从远处传来一声惊叫,接着传来沉重的脚步声,同事上气不接下气地跑过来说:“出事了,出事了。”根本来不及任何思索,我抓着同事的手就跑。

四周都传来吆喝声,我立刻冷静下来,很明显我们陷入了重围,再跑已经没有任何意义。经过简单的询问,我才知道是同事犯了科萨人的大忌:闯进了幽闭少女的茅屋。

过了一会,两个身穿染红的衣服,手持利刃的科萨人朝我们走来。看着他们凶神恶煞的样子,我立刻反应过来,他们是来带走同事的。来之前,我专门搜集了一些关于南非的资料,科萨人有这样的传统,对于冒犯神灵的外人,他们便认为是被邪灵附身,需进行“经火”,即赤脚走过火烫的铁板或者红砖之类。

看着科萨人快步走过来,我开始担心他的安危,以他的柔弱的身体,能走过火烫的铁板吗?出乎意料,科萨人并没有带走他,而是给了我们一张纸条。摊开,一行潦草的字迹:我是那个孩子的母亲,老实说,我确实憎恨你亵渎神灵,但当我知道你们是来投资的,我改变了自己的初衷,我愿代你向神请罪………

没有多余的话,我忽然觉得这个时候,一切语言都是多余的。泪眼迷蒙中,我看见一个花白老人,向一个火堆义无反顾地走去……

天下最美的是教师

在外地工作，很少去看望自己的启蒙老师张老师，今年教师节，好不容易请了假，和妻子一起上了回家的路。

张老师的家就在我老家隔壁，因为近邻的缘故，习惯上我们都喊他叫张叔叔。回家的那些日子，我几乎每天都被邀请到他家吃饭。每次吃饭，张老师总是最后一个吃完。细嚼慢咽的，我总以为他是在享受。师母听了我的话，叹着气说："他那是在享受啊，他分明是把最好吃的东西都留给了你们，自己挑剩的吃。"

我跟着师母走进书房，她又指着墙上一张张奖励证书说："你叔叔啊，当了一辈子的教师，好的东西，总留给学生，这个习惯改都改不掉。"我的心陡地一震。

师母接着说："地震的时候，你叔叔为了救学生差点连命搭上，地震以后，他经常到帐篷里给学生送鱼送肉，自己呢，一丁点都不留下。没见过这么爱学生的人。"

正说着，张老师进来，笑笑，说："难为你这些年跟着我，受苦了。"

师母埋怨说:“这些话,我都听得耳朵长茧了。哪次你不是说要改,要多为自己家里着想,可哪次你不是把学生的利益放在第一位?别人家教学生要收钱,你不仅送上门,还倒贴车费和伙食费。还有,昨天你和我商量,要去领养一个孤儿。我还没来得及考虑清楚,你今天早上就跑去把领养手续办了!”

我的心,忽地一热。看了“范跑跑”事件,看到了很多教师明目张胆地向学生要红包的例子,我一直以为,这个世界,不会有真正的师生情。却原来,他们比谁都更懂得关爱和付出。张老师只是天下千千万老师的一个缩影,我想,他所拥有的除了一副悲天悯人的情怀外,他还拥有一颗博大仁慈充满爱的心。

不要在上司的肩膀上行走

公司换新部门领导了，消息传来，大家心里都捏着一把汗。上一任领导就很不好伺候，何况新来的主，还是个研究生。

那几天，大家都小心翼翼地工作，生怕出了差错，丢了饭碗。

但出乎意料的是，新领导和蔼可亲，对大家也非常厚道。这下，大家才放下悬着的心。不久，公司举行了一次设计大赛。因为奖金优厚，吸引了很多人参赛。其中也有领导和我。

为了能拿下这个大奖，我可费尽了苦心，一个礼拜我都在网上泡着，有时领导过来问我，我总是避而不答，我心中暗暗想着，这次，就是领导，我也不给面子。

等作品问世后，我得意地跑到办公室里炫耀，领导的脸却有点难看。接下来，我发现，我和领导之间好像有了道鸿沟，领导看我的眼神，总是怪怪的，虽然我每次打上去的报告，他都会及时签字，但不再表扬我了。这下，我可着急了，要知道，职场也是人场，要是跟上司处理不好关系，那可是要影响前程的啊。

我无计可施，只好找我的伙计，同时也是负责这次设计比赛的老李帮我出主意。老李听了我的话，大笑起来。隔了一会，他才说，问题不是出在你的身上，是在你们领导身上，你也知道，他也是学设计出身的，要是这次比赛，他还不如你，你叫他的脸往哪搁？以后怎么混？所以，我建议你做事低调一点，千万不要和领导抢风头，踩在上司的肩膀上行走这可是职场大忌。

我听取了老李的意见，第二天一大早，我带着设计作品来到领导办公室里，说是和他切磋一下。

比赛的结果可想而知。虽然我只拿了一个二等奖，但我心里比拿了一等奖还高兴，因为我既赢得了领导的尊敬，也赢得了同事的称赞。更要紧的是，领导工作也更热情了，年末评比，我们部当仁不让地拿到了第一名。

今年 3 月，领导被调到总公司去了，在临走之前，他向总公司推荐了我。这一周后，我坐进了部门领导办公室，在墙壁的工作日历上，我工工整整地写下一行字，作为大家的座右铭：不要踩在上司的肩膀上行走！

在心里插把诚实的尺子

马英九小的时候,成绩并不好,因为活泼贪玩,他的身边倒是聚集了不少好友。那一年,是他 8 岁的生日,在获得父亲同意后,他和表哥一起来到了附近的油桃园。这是他和父亲常来的地方。因为生意太忙,老板就让他自己去油桃园里摘,摘了再来称。老板告诉他,按照规定,进里面自己摘,可以免费品尝一个,多了每个则要支付一台币。

这可正合表哥的意。因为不是太富裕,很少有时间吃到又大又新鲜的油桃。表哥一把抓着马英九,快步跑到油桃园的最里面。见四周没人,表哥马上就从树上摘油桃,摘一个,吃一个,吃完一个又摘一个,还舔舔嘴唇,一副意犹未尽的样子。马英九也不说话,默默地吃了起来。

等吃撑了,表哥又把书包放下来,使劲地把油桃往书包里塞。然后,才在袋子里放了 5 个油桃,心满意足地跟着马英九出去结账。

老板客气地问他:“你们吃了几个油桃。”没等马英九反应过来,表哥马上抢着回答:“我们一个人吃了一个。”说完,从口袋里摸出4个新台币,准备走人。

马英九突然喊:“等等。”他平静地对老板说:“我们一共是吃了10个油桃。在书包里还放了4个。所以我们应该还要给12个台币。”

老板有点惊讶地看着他,然后伸出手指说:“孩子,你是我这辈子开油桃园来见过的第一个说自己多吃了油桃的人。谢谢。其实你说自己只吃了一个,我们也不会怀疑,因为毕竟你们是孩子。”

马英九平静地说:“是的,您不会说什么,但我做不到。我的父母从小就教导我,要想做好人,处好事,首先就应该在心里插把诚实的尺子,自从我懂事起,我就一直以这个准则来监督自己。”

老板的眼睛亮了,紧紧抓着马英九的手说:“如果我没看走眼,你将来一定会有所成就。”

2008年,马英九如愿以偿地当上了台湾地区的领导人。应该说,马英九成功的因素有很多,其中有一点不可忽略,那就是诚实。他以自己的诚实理念,成功地博得了同行和对手的一致尊敬。因此,他的事业才能蒸蒸日上,直至如日中天。

细节，决定职场成败

我有一个朋友，参加工作 5 年了，在一家外资公司做顾问，虽然专业不对口，但他聪明好学，肯钻研，只用了 3 个月时间，就成了老板的心腹。自此后，公司有什么重要的业务，老板总是要交给他来办才放心，而他每一次都出色地完成了任务，加上在交际能力、为人处世方面相当出色，所以每一年他都被评为公司的优秀业务骨干。

然而有一天，他突然来找我，说他被炒鱿鱼了，我大吃一惊。原来朋友一直有个不好的个人习惯，那就是吃饭咂嘴，他妻子也说过很多次，但总是改不掉，平常也就算了，但朋友这次参加的是一次非常重要的宴会，老板也亲自出席。

开始，朋友还努力克制自己，当喝到兴头上了，也就忘乎所以了，老板感觉很尴尬，不止一次用眼神暗示他，但已没了效果，客户笑着说："老总，你的这名下属很不错，真诚厚道，我非常喜欢，我希望大家能有合作的机会，而且特有意思的是，今天这么开心的场面，他还会伴奏呀……"但最终客户还是没有选择与朋友的公司签约。这事让老板恼怒不已，他把朋友喊到办公室训斥道："你代表的不是你自己，而是公司，待人接物一定要注意细节，怎么能出如此大的错误呢。"不久后，老板便以"做咨询工作个人魅力不足"为由，开除了他。

朋友告诉我："自从这件事情后，我一直郁郁不振，也没再找工作，你看看，像我这样在工作上样样都干得不错的人，但还是逃不过被解雇的命运，工作还有什么意思呢？"朋友是患了职场心理恐惧症。我只好耐心劝说他，多日之后，他才恢复了一点自信，答应我再去找份工作。

像朋友这样因为忽略了生活细节被老板炒了鱿鱼的大有人在，因为职场，说白了生存博弈，任何能带来负面影响的棋子都会被排除在局外，所以身在职场的人，应该多抽出时间，多听听同事和朋友对自己的评价，往往不经意间，就能发现一些自己的致命细节。

每一段青春都有动人的秘密

高二那年，我转入这个学校的美术系。那时每天下午 5 点到 7 点，我都准时到美术室听课，给我们授课的是某大学毕业的硕士，他长得玉树临风，浑身上下散发着一种艺术家的气质。

18 岁，正是含苞待放的年龄，心里暗藏的那颗爱情之心总在蠢蠢欲动。那天，他突然点我的名字，我起立，和老师对视的那一眼，忽然心就莫名地狂跳起来，一张脸红得像 4 月的樱桃。

终于有一天，我昂起头，面对面地对他说："我想要你的手机号码。"他愣了愣，本能地说："丫头，你不会是打什么鬼主意吧。"然后，相视大笑。

班上的女同学很多都暗恋上了他，下课的时候，三五成群地聚在一起，议论着他的秘密，当听说他是单身，所有的女生都睁大兴奋的眼睛，偶尔他会从门口飘过，教室里便会鸦雀无声。一走，就恢复了热闹。我没有掺和其中，只是默默地坐在窗台旁，托着腮帮，望着对面的楼，他就住在三楼，没课的时候，他喜欢眺望远方，我就这么望着他，任思绪在无穷无尽的幻想里蔓延，或者悲愁或欣喜若狂。而他若即若离的笑容总会揪着我发烫的心，让我快要不能呼吸。

那一年，我们几个同学参加省里的绘画大赛，获了大奖，他突然邀请我们到他家里做客，很简单的摆设，我的心突然被桌子上一封信吸引住了，是写给燕子的。一个怀春的少女，一厢情愿地痴迷到一定程度，总希望别人的一切行为都与自己有关，于是我带着砰砰乱跳的心情来到客厅，看到他，莫名其妙地发呆，以至于他的手在我眼前一阵乱摆，我才回过神来。

回到家，我突然打电话告诉我的死党我有人追了，然后格格大笑，摊开纸，却把他的名字写了千百回。

接连几天，都没有信的消息，我开始忐忑不安地焦虑，他突然让我和另外一个同学到他家拿展板，我的心却莫名狂跳起来，趁同学不注意，我飞快地溜进卧室，拿走了那封写给燕子的信。

回到家，小心翼翼地拿出信，如获至宝地摊在手里，满脑子却是他鲜活的形象。我不知道信里写的是什么，是说他喜欢我吗？顿生一股撕信的冲动，却又害怕卑微的自己会打湿这份美好。一连几天，我都把信搁在枕头底下，甜蜜而又幸福地入眠。没有人知道，此时我的心里已种下了一株枝繁叶茂的树，每一片叶子上，都绣着他的名字。

终于有一天，他一脸焦急地来找我们，说是有封信不见了，那封信对他很重要。看他额头滚动的汗珠，我突然有一阵惶恐不安的感觉，不敢看他的眼睛，我借口身体不安，慌不择路地逃回了家。

小心翼翼地打开那封缠缠绵绵的信，原来却不是写给我的。

我是流着泪读完的。我感觉自己的心在苍白中被一点一点地撕裂,崩解,继而碎成一片片。

那个周末,我顺着信里所说的地址,找到了他喜欢的那个女生所在的学校,也叫袁海燕,是个物理老师。我把信悄悄搁置在她的桌子上,然后一路踉踉跄跄地奔回家中,泪却撒了一大片。

毕业典礼后,他忽然挽着女友请我们吃饭,期间他小声问我:“不知道是哪个鬼丫头,帮我把信送到袁老师那里。还害我找了整整一个礼拜。”我朝他举起酒杯:“或许,或许是信自己长了脚吧。”

这场青春期的暗恋,就此了无痕迹地结束了。后来很多同学都在猜测,是谁送走了那封在他桌子上摆放了一个月的信?我却笑而不答,谁又能知道,那封署着和我的名字相同的信,曾经见证了一个含羞草般的姑娘如梦的爱情经历,也让一段青春有了动人的秘密,如四月的樱桃,却无人知晓。

做好自己的理财管家

自从我们全家搬到深圳后，家里的经济状况开始吃紧了，再加上物价飞涨，仅半年的时间，我们家就负债两万了。严峻的经济形势迫使全家人坐在一起，商讨如何开源节流。

在详细讨论后，我们决定让学过会计的母亲来当这个家的管家，用专门的笔记本详细记录每个月的开销，并且按照实际情况，指定好每个月的开支预算，预算一旦形成，全家人就必须自觉遵循，以免严重超支。

其次，利用一切可以抠门的机会，节省开支。比如，本来早晨买菜的母亲，转而选择在黄昏的时候出发，同比之下，平均每次能省下两到三元，母亲还在家里种起了豆芽，做起了泡菜，空闲的时候还自己动手做馒头。又比如，把洗菜的水放在桶子里，冲厕所。

最后，最重要的是，想尽一切办法开源。我和妻子都在一家出版社工作，想要腾出手做兼职，不现实。父母要忙家里的事，还要带小孩，也不现实。然而试客网的兴起，让我们看到了新的希望。

不久后，我以低价购买了一台公司淘汰下来的电脑，放到了家里，我又教会了爸妈一些简单的基本知识。接下来，我开始在试客网通过注册申请了一款欧舒丹橄榄净化亮肤面膜。

初次尝到甜头后，我们一家人在多个网站上都进行了申请，以前妻子每个月的化妆品，是家里一笔不菲的支出，现在有了试客网，就省了这笔开支。

通过全家人齐心协力开源节流，效果自然十分明显。3 个月后，我们核对开支，惊喜地发现，以前每个月的钱花完了还得借，而现在，家里的生活质量不仅没有下降，3 个月下来，还有了 6000 元的节余。我得感谢生活，是它让我们真正成为自己的理财管家。

梁洛施:低调何妨,投资有道

要投资,学梁洛施,这句话是有道理的。

2009年,梁洛施走入了一个崭新的时代。21岁,正是豆蔻年华的青春时光。她却以母凭子贵的身份成功地摘得了香港女艺人财富榜首席的位置。这世上的女人,大抵深谙做得好,还不如嫁得好的道理,所以才有人如此前仆后继地嫁入豪门。梁洛施也不例外,唯一不同的是,梁洛施除了能说会道外,还有软实力。

会投资的女人,往往是凭实力吃饭的,16岁的梁洛施一上台,就接连拍戏,拍写真,出唱片,工作不断,人气也旺盛。尤其值得一提的,不同阶段的梁洛施,都有着不同的韵味,《未成年》的清纯、《伊莎贝拉》的妩媚、《盗墓迷城3》的古典,这样千娇百媚的女人,没人注意才怪,所以很多女人就在感慨,想投资,把内功先练好。

她做到了。《盗墓迷城3》的热播,让她有了跨入好莱坞的资本,好评如潮。

其实，我知道她可以做到的，因为她是梁洛施，从小就知道投资的人。

聪明的艺人，从来不是把重点放在事业上，但豪门似海，想擒男，没那么容易。比如李泽楷，前前后后有过8位女友，为什么单单就被梁洛施拿下马了。除了她的美貌和才华外，还有深不可测的智慧。

她懂得豪门的规矩首先是低调，所以成功电倒泽楷后，马上就跑到美国进修，不惜与前东道主，大动干戈，这份诚意，让豪门家人，无不大为欢喜。但她又懂得分寸，不时给媒体放点烟花，于是就有人怀疑是她故意放风，曝光恋情的进度。

不管是有意还是无意，但她一直成为媒体的焦点，却是不争的事实。

她懂得要擒住花心男，只有下狠手，所以李长治就顺理成章地出来了。一出来不久，她就开始向外界发放BB照透露好消息。在娱乐界，有关注才会有成绩，梁洛施很明白。

她更明白，要想拿到进豪门的通行证，就得老实。所以孩子出来后，她不闹也不吵，李家要她去新加坡，她愿意，李家说息影十年，她也愿意。殊不知，一向以事业为重的梁洛施能有如此转变，李家的大门才是唯一让她有动力的原因。

有人骂她，有人祝福她，但更多的人是在羡慕她。不管怎么样，那些擒男的一招一式，都是梁洛施的，不是别人想学就能学到的，就连徐子淇，也只能空叹和无奈。

而现在，她是坐拥千亿港元财产的孩子他妈，在当今的中国女人中，作为投资理财第一人，她，当之无愧。

一个父亲眼中的世界杯

南非世界杯开战以来，我每天的空余时间都在网上搜索有关世界杯的花絮。在一个熟悉的论坛上，突然被一个置顶的帖子所吸引。

帖子是一个年近50的父亲写的。他说，我这辈子就只有一个儿子，我不奢望他能出人头地，光宗耀祖，但是我希望他能用自己的双手，脚踏实地地创造出一片属于自己的天地。所幸，孩子还听话，从小到大，年年都是班上的干部。大学毕业后，他进了一家外企，两年后，又当上了部门主管。我本来以为，他能按照这样的轨迹顺利走完自己的人生。但出现了意外。他恋爱了，是个在外地的女子，还大他3岁。我曾多次劝他，这样的爱情不现实。他不听，他总说这是他人生的第一次恋爱，他希望能好好爱。是的，他好好地爱了，不仅付出了自己的全部感情，还把自己的钱财义无反顾地交给了她。结果，女人把他的钱财骗走了，人也消失得无影无踪。这件事对他打击很大，他变得整日郁郁寡欢，茶饭不思，更为重要的是受此影响，他在工作中连续出现了几次重大错误，老总一怒之下，就把他辞掉了。他更觉得人生没有任何意义了，几次试图自杀，幸亏被同事所阻止。我赶过去，想接他回家。但他不肯回，他觉得很没面子。后来，他搬到了一个偏僻的地方住，一个小房间，一个人住。

这件事情真的对他打击很大，我想守着他，但妻子病了。我只得回家，可是我又害怕他想不开。老人最后说，他的儿子也是个足球迷，最喜欢外星人罗纳尔多。可是，他房间里没电视，收看不到世界杯。他真诚地希望，在这个城市的足球迷们，能去看看他，多和他聊聊，开导开导他，让他从阴影里尽快走出来。帖子的最后，还留下了他儿子的详细地址。

帖子后面，有几千条留言，有赞誉者，有诋毁者，甚至还有人怀疑是炒作，理由是一个农村里的老人，怎么知道上网发帖，怎么知道世界杯。但我深信不疑，我相信，一个父亲，为了自己的儿子，什么都能学会。

巧的是他儿子也在这个城市里。当天下午，我就按照帖子所留的地址，找到了那个偏僻的地方。门是紧关的，外面还站着几个年轻小伙，旁边还有台电视机，他们正热议着昨天的世界杯比赛。我想，这些孩子应该都是来找他的。霎时，我的心被人世间的这种善良深深温暖着。

我决定明天晚上再来看看，能让一个白发苍苍的父亲安心，我想，我多做一点又算什么呢？巴西队对阵荷兰的那天晚上，我又过来了。在门口，突然听到一阵熙熙攘攘的争吵声。敲门，一个文质彬彬的男生把我领进门，并不断地说着感谢的话。这个男生，应该就是老人帖子里所提及的儿子。房间里摆放着一个大电视，十多个小伙子正在说说笑笑，我在男生的旁边坐下来，和他交谈了一会儿后，世界杯比赛开始了，大家都止住了言笑，静静观看。

我忽然想，今天晚上，将会是这个房间里所有人一个难眠的温馨之夜。

人生与真实

都三年没有见到他了，他是我同学，我们是上下铺兄弟。正好，我到他们城市出差，下了火车，我毫不犹豫地敲开了他家的门。我知道这个时候他一定在家，他是个职业作家，他发表的每一篇东西，我都会认真拜读。

正如所料，他对我的出现，一点都不惊讶，寒暄了一阵，他领我进了房间，他在电脑上继续摆弄着。走近一看，原来是个手机全球定位软件。我说你什么时候改做私家侦探了？他说，我只是放心不下。我问，你是怕你女人有外遇？他摇摇头。我又说，那你女人一定很漂亮了？他仍是摇摇头。

她是开出租车的，他说，她刚接受这份工作，我放不下心，就给她买了个全球定位的手机，这样，我每分每秒都知道她在哪里，在干什么，安不安全。我说，你这样时时刻刻都在关注着，岂不很累？他说，怎么会累呢？知道她安全，我才可以静下心来做自己的事啊。他边说边起身，随便买几个菜，吃顿便饭。

说是便饭，一下楼，他的双手里就提满了袋子。我说，可以了，不就是顿便饭么？他摇摇头，总得整几个菜吧。说着他来到卖上海青的摊位。很新鲜，很漂亮，我说就这个吧。他摇摇头说，看起来是很漂亮，可是吃下去，准没好结果，因为是用农药浇灌的。和健康的重要性比起来，这种选择几乎可以忽略不计了。

不久，门铃响了，我知道是他的女人回来了。去开门，却不免有点失望，我一直认为这么优秀的男人应该找个更美的女人。知道我的疑问，他笑了，美？一旦放下神秘的面纱，就贬值了，像我们这种人，要的是能一起过日子的，而不是花瓶。

想想同学说的也是，对于很多看起来很美的东西，一旦回归现实，就经起不起生活的琢磨。我有个同事一直最向往大自然的风光，他曾多次有过去野外居住的想法，他也邀请我去，我委婉地拒绝了。我敢肯定，如果他真的去了，前几天可能觉得很美，是种享受，但几天后就只能乖乖地回来了，一个在城市里生活习惯了的人，又怎么可能在一无所有的荒野里长期待下去呢。那些突如其来的意外，又怎样去防备，同事在这些方面可是一点经验都没有。大自然的风光确实很美，但只适合欣赏，走近了，也就变味了。

我又想，烧一顿丰盛的饭菜，关心一下自己的爱人，不过是举手之劳，然而，这才是对爱人和家人的最简单、最纯粹的爱啊。我还想同学有句话还没有说出来，身边的东西不一定有多美，但它一定是真实的。真实得让你感到这才是生活，才是人生。

因为，你的名字叫军人

汽车进入了山区，就没再向前挪动一步。那是 2008 年 12 月 24 日，车子已被围困 6 天 6 夜了。他太需要休息了，这段日子，他一直在外忙碌着，他觉得自己像根绷紧的弦，好不容易才有了几天假期。此行，他想回家看看，他已经整整 5 年没回家了。

暴风雪肆无忌惮地横冲直撞着，他们已经弹尽粮绝了，要是救援的队伍明天还不到，恐怕今晚就是他们人生的最后一个晚上了。

他深深地吸了口气。

他知道，在现在这种情况下，唯一可做的就是坚持到天亮，可实在太冷了，每个人都快冻僵了。刹那间，他做了个毅然的决定，他站起来，朝前面走去，他把厚厚的军大衣披在了两个孩子的身上，他又脱下军帽，戴在一个老汉的身上，他继续往前走，每往前一步，他身上便少了一件东西。

他本来是这个车子里穿得最暖和的人，可是现在，他却成了穿得最少的人。他走到最前面，旁边一个少妇坐在那，穿着单薄的皮鞋，不停地颤抖着，他再瞧瞧自己，他只剩下一双军靴了。他弯下了腰。

几乎所有的人都尖叫起来："大兄弟，你不能再脱了。"

他把鞋子脱了下来，递给了少妇，她对他说："谢谢。"

他说："这有什么好谢的，我是军人嘛，应该的。"

他移动着只有袜子的双脚，回到座位上，对大家说："我们一定要坚持到天亮，等救援的队伍一来，我们便有救了。"

凌晨的时候，车子突然向下滑了滑。其他的人都睡着了；只有他清醒着，他突然意识到，如果把大家弄醒，一慌张起来，可能大家都得完了。

他一个人悄然下了车。

救援队赶来了，车内的乘客获救了，惊魂未定的人们下了车，才发现车子离悬崖只有两米之遥了。

人们到处找那个军人，最后还是在车轮下发现了他。

车轮下垫放着两块石头，他的后面也有两块石头，他用肩膀顶着车后轮，他的一双脚垫在石头里。

他就那么侧卧在那儿，冻成了一具冰雕。

当人们把他抱出来时，他还是保持着那个姿势，没有人说话，所有的人围起来，紧紧地抱着，像抱孩子一样抱着那个成为冰雕的英雄。

那一天，他刚满 20 岁，他的行李箱里还放着一张刚刚获得的二等功的荣誉证书，他本来是想拿回去给父母看的，他的家里还有个未过门的妻子，一直都在翘首期盼他回来……

四　每一段坚持都是深爱

番茄炒蛋与爱情

在我的记忆里，番茄是那种看起来娇艳，入口却十分涩苦的果实，所以我从来都是对它敬而远之。

22岁那年我来到四川求学。一次同学过生日，邀请全寝室的人到他家里做客。同学的父亲是农家乐的老板，那里的厨师据说很有名，手艺很高，很多同学都是奔这点去的。到吃夜宵的时候，同学说："大师弄了个绝活，大家来尝尝。"端上来，居然是盘番茄炒蛋，不过这菜红黄相间相得益彰，番茄似女孩摇曳的裙摆，而蛋里黄中透着白，再加上深红的汤汁，闻闻便有一股醇香的味道，酸酸中带着清甜。"来，大家都尝尝。"我举起筷子，犹豫着夹了一块，同学问我好吃不，我边吃边点头，那可是我品尝过的最好吃的一顿美味。

之后我就喜欢上了这道菜，每一次去饭馆都必点。朋友说我你天天吃不腻啊。我微笑不语，我就是喜欢这平凡而又难得的美味。普通的番茄和鸡蛋，经过一双手的调理，居然能成为入口难忘的美味佳肴，不得不让人佩服双手的魔力。后来我才明白，我之所以钟情它，或许是因为那代表着生活的味道。

虽然我喜欢这道菜，但我从没有想过我的大学爱情会像番茄炒蛋这样平凡。我从小就认为，我的爱情一定是轰轰烈烈的，要么爱得死去活来，要么忘得彻彻底底。其实，和我一样想法的人还很多，也许这就是情窦初开的少男少女们所共有的爱情观吧。番茄炒蛋般的爱情太实在，也俗。

于是我们便来浪漫的碉堡里疯狂地寻来寻去。一次次放手，一次次拥抱，我们生命中的伴侣就像飞驰的列车，换来换去。终于有一天，我们发现自己累了，想挽留一些真实的风景，才发现我们早站在了风景之外，而那些虚幻的美丽却依然相隔遥远，这时我们才明白，生活正如番茄炒蛋，简单干脆却不容半点懈怠马虎，多一分则嫌繁冗，少一分则不足。这样实在的生活才是我们所需要的。因为简单，所以真实。因为真实才可贵，才能刻骨铭心。我们能把握和拥有的幸福，其实是和番茄炒蛋一样的味道，酸酸中带着甘甜，比如爱情，比如婚姻，又比如我们的人生。

爱在最深处

男人早就对枕头边的女人不耐烦了，这个世界有了钱就会学坏，男人也不例外。男人出去的时候，总喜欢到花店走一圈，顺手拿起一束鲜花。

对面就是新欢的房子，向左拐一条街，再向右拐一条街，男人已经非常熟稔，闭上眼也不会迷路。

身上还有女人给她的一张纸，女人让他下午去接儿子。都什么年代了，约会还能带着儿子？男人冷笑了，掏出手机给秘书打了个电话。

新欢就在门口等他。男人进来的时候，新欢如蛇一样缠了上来，我的礼物呢？男人笑了，我怎么会忘记呢。男人从口袋里摸出一个盒子。打开，是一枚闪闪发光的铂金钻戒。男人说，这是我专门从南非买来的，喜欢不。新欢就笑，还行。

男人突然要出门，男人让新欢给他打下领带，新欢却把眉头皱得紧紧，这些下等人做的事，还是让你家的那个老女人做吧。

男人突然想起了每次给他打领带的女人，想起了女人每次出门前给她说的那些话，女人说，总有一天你会回来的，不论你怎么花心，你的根始终在这里。女人又说，看看我们的孩子吧，都那么大了，就算你嫌人老珠黄，你也要替爱你的儿子想想。女人还说，你要是累了，就回来坐坐，我给你做最好吃的牛排，给你泡最香的云雾茶，只要你想回来，这个家还是你的，我每天都会在餐桌上给你留位置，你也许会说我很傻。可我生来就这么傻，我能有什么办法呢。

男人只是笑，你们女人怎么都这副德行，认定了一条路，就都执迷不悟。

男人正要出去，电话来了。是女人的。电话那头说，我们家着火了，我可能快死了。男人傻了，男人知道家的结构，这火一定是从外烧到里的，若是不赶快跑，就再没机会了。可是，女人显然吓怕了，除了汹涌滔滔的哭声，再也没有任何动作。

男人下意识地往外面走，被新欢死死拉住。活该，死了更好。新欢笑着，等她走了，我就名正言顺地住进你家，再也用不着过这种被人指指点点的生活了，我都腻烦了。

男人坐着。男人脑海里却全想的是女人，也许这个时候烈火已经在包围着她了。也许，她正等着他来救，她能不能支撑住。男人记得在他们结婚的第十年，他们去深圳，路上遇到了雪灾，他就问她，要是以后你独自面对灾难，你会怎么办？她含着热泪说，我，一定会撑下去，直到你来救我，因为，我们的命，从认识的那天起，就紧紧绑在了一起。

男人没想到这句话真会灵验。男人站起来，边往外面走，边说，我欠你的，我来生偿还，但我欠她的，我只能用这辈子去还。

男人拨通了那个他再也熟悉不过但很少拨的号码，男人听见了女人凄惨和绝望的哭声。男人说，你不能死，你曾说过你要等我来救你的，你不能食言，你给我挺住。

男人分明听到了火焰烧灼的声音，他没有多想，抱住别人给的一床湿棉被，就往火堆里扑……

男人和女人本来商定那天去离婚。男人后来经常对儿子说，活了大辈子，只有那天他才做了一回真男人！

爱,只是两个人的千山万水

处心积虑地,她攀上了一个富贵男人。是他的上司。

她家境不好,从贫穷的山村辗转来到这个城市时,她就发誓,总有一天要出人头地。

没有文化作为自我的才能展示,也不会烧菜做饭绑住男人的胃,她唯一的资本就是那姣好的面容了,这确实吸引了不少公司的异性。但她的目光没有过多逗留,她知道,只有他——BOSS,才是她舞台的中央。

于是,她想方设法地制造和他共处的机会,那一次出差,她悄悄地在他的酒杯里下了催情的药,便顺理成章地成了他的情人。

其实她的要求也不多,只是希望能多陪陪她。他却是个顾家的人,除了出差的日子,他每天下班后都准时回家,风雨无阻。

她闹过,哭过,甚至都割腕过,他却不愠恼,他给她房子,给她首饰来填补那些“意外”。她并不满足,因为那不是她想要的全部。一直以来,她明白:他对她,仅仅是那一晚荒唐之后的愧疚和补偿。她想要更多,奢侈地希望得到一份爱。只不过,一切都是她的精心设计,包括床上那堆殷红的血,只是他并不知道而已。

情人节,她想约他去购物,却再次被拒绝,理由是他要陪他的妻子去逛公园。她愤怒到了极点。其实很久以来,她就想把这层纸捅破了,她甚至可以捏造,她有了他的孩子,然后看着他的妻子在她的嘲弄的目光中绝望地败退。

那个早晨,她很早就来到了公园,她的目光到处游弋,然后定格在一对中年夫妇身上,就是他们了,她有点惊讶,继而冷笑起来。

是个瘸腿的女子。她突然有点不屑一顾的感觉,尾随着走了上去,准备逮个机会,把话挑明了。

爬山时,她的心颤抖着,仿佛在哭泣。他在前面,搀扶着妻子,一步一步往上走,边说边笑,动作很轻很柔,还时不时地拭去妻子额上的汗珠。她听到了他那一串串爽朗的笑,看到了他那双眸流露出的柔情万种,那是他和自己相处时未尝有过的表情,那是他从未给予自己的幸福和温柔……

隐隐约约地感觉到他的目光转向,她恍惚了,像落败的黄鼠狼,疯也似的逃跑,泪洒了一地。一直以来,她以为他心中是有她的,直到此时,她才恍然明白,原来爱,只是两个人的千山万水,即使她近在咫尺,即使她试图千万次涉足,也犹如羚羊挂角般虚无缥缈,无迹可寻。

他在，世界才在

结婚7年了，婚前的一切激情和梦想都在柴米油盐的熏陶中化为乌有。

有人说，爱情和婚姻是两码事，她对此深信不疑。如果爱情是一道鲜美的番茄炒蛋，那么婚姻便是一杯索然无味的白开水，没有激情的相伴，缺少浪漫的沉淀，她的日子一天比一天难熬。

去娘家才一天，屋里全然变了模样，臭袜子，湿透汗臭的衣服到处都是，堆满小山的垃圾几乎让她窒息。这就是自己的家么？她一遍一遍地问自己，心麻木了，人也呆了。

她出了门，手机响了，是她的同事打来了，那个富家公子一直都很喜欢她，他约她在茶馆见面，他说知道她喜欢看电影，他就想邀请她去看《长江七号》。

她犹豫了，他朝她抛了个飞吻，明天下午见。

回到家，男人正在看电视，她默默地收拾好一切，男人说话了："公司派我去上海，可能要一个月。"女人顿时觉得心里一轻，多少个日日夜夜，她都想重获自由，现在是时候了。

她如约去了，晚上一起吃饭，面对她喜欢的糖醋鱼和辣子鸡，她却如鲠在喉，她想，他们之间缺少了什么。

回到家，男人早已离去，那个晚上她没有睡好，接下来的一周，她几乎天天晚上都是失眠，她不停地伸手去揽，可旁边空空，那个男人熟悉的味道，怎么找也找不着呢？几个同事来串门，她不得不代替男人在麻将阵里冲锋陷阵，女人发觉这是根本无法代替的事情。接着，电表坏了，液化气用完了，电视机也坏了。

最要命的是女人生病了，她躺在床上，望着冰冷的空气唉声叹气，她开始怀念以前的那些日子，她稍有不适，总会躺在他温暖的怀抱里，他总会变戏法，弄些她喜欢吃的菜，虽说日子过得不是大富大贵，却温馨和实在。她又想起和他一起出去时，桌上点的全是她的最爱的菜，那个憨厚的男人，用他的胃，慢慢适应着她的口味。她蓦然明白，原来自己已经爱这个人深入骨髓。

于是，接下来的日子，她都是在对他的思念中度过，那个男人似乎已紧紧抓住了女人的心。

她终于等到他回来了，她也再度吃上了他喜欢吃的菜，那一晚，她终于睡了个踏踏实实的安稳觉。病好了，胃也饱了。于是，一切都好了。

偶尔，他们也会小吵一下，但她觉得温馨多了，偶尔她脑子里也不时冒出那个要重获自由的想法，不过，她清楚地知道，这些念头只能摆在想象里，一拿到现实中便化为乌有。

因为，他在，这个世界才在。

给爱找一个倾诉点

新婚燕尔，听说朋友能把大他两岁的妻子整得服服帖帖的，我决心去取真经。

那一晚，我们三五个朋友聚在一起，朋友就在我的身边。他的手机就放在桌子上，我说："关了手机吧，大家好久没聚了，这样聊得不畅！"朋友却微笑着摇摇头："我不能关机，我怕她担心。"

果不其然，半个小时后，他的手机响了，他拿起来，也回拨了过去，我听得真切，响了两下，他就挂了。后来，几乎每隔半个小时，他手机又响，他照例回拨过去。我们取笑着："你这样累不累啊？"他微笑着摇摇头。

到 9 点时，他手机连响了三次，他看着我们，不无歉意地说："我要回家了，大伙好久都没聚了，要不，去我家吧？"我们说："不怕你老婆不高兴？"他说："不会的。"一路上，大家都在问手机的事情。他说："这是我们之间的小约定，响两下表示我想你，响三下表示我在家等你。"

我问:“你不烦啊?”

他笑着说:“没办法,我女人就是这个样子,也只有这样,她才觉得踏实……所以我每次出门,都得把备用电池带着,24小时开着机,否则她会寝食难安。”

走进了他家,他妻子赶紧泡好热茶,摆好桌椅,打了几圈,他妻子把宵夜端上,他也趁此把今天都做了些什么仔细交代了一番。

离开时,我们都说:“你妻子什么都好,就是对你管得太严了。”他说:“她是因为爱我才这样的。试想一下,你不爱一个人,又怎么会想着时时刻刻与她联系,挂念着她的安危呢。毕竟一辈子这么长,而每个人爱的方式又不一样。所以只要不过分,何不给爱留白,让对方也有一个倾诉爱的空间呢?”

我想,朋友说的都是事实。婚姻最可怕的是日复一日的索然无味,而最珍贵的是能经受住平淡的流年。给爱找一个倾诉点,互相理解和尊重,让彼此都能拥有爱的真实和激情,这对于所有想相守一辈子的人们来说,也许,真的迫切需要。

幸福和不幸福的区别

事情已经到了很难调和的地步，他已经厌倦她的指指点点。而她也对他的专横非常恼火。

那晚，他们再次吵架了，一气之下她摔门而去。她去了同学那里，在那里，她倾诉着自己这么多年婚姻的不幸。她说不喜欢看体育节目，可是每一天晚上，他都霸占体育台，不肯放手。她又说，明明她讨厌抽烟，可是每一次和丈夫外出，他依旧抽得厉害。

同学笑了，同学把她领进了自己的卧室。她傻了，屋里到处都是绿色，墙壁是绿的，床是绿的，连棉被这些都是绿的。“可是，你以前明明是讨厌绿色的呀！”“是的，”同学平静地说，“但我那位喜欢。”同学搂着她的肩，边走边说：“以前我也和你一样发过牢骚，可静下心来想想，为了区区一种颜色，而去伤害那么多年和自己同床共枕的男人，甚至断送自己一生的幸福，值得吗？”她的心被深深震撼了。她想起以前读过的一本书，书中有一句名言：当你用放大镜来寻找婚姻的灰尘时，你总能找得到。

世上从来就没有从牵手到老全然幸福的婚姻。幸福和不幸福的区别，不是在于找一个完美的人，而是是否能学会宽容地去看待一个不完美的人，从而达到心灵的契合。想到这里，她彻底释然。

很多时候，我们在婚姻上之所以一败涂地，并非不爱对方，而是从牵手的那一刻开始我们就没有把握住自己的舵，因为婚姻，从来就是两个人的同命船。没有谁只为自己着想，只有谁更妥协一点，谁会更尊重对方多一点。

适当打亮婚姻中的红灯

结婚三载，她蓦然发现自己的爱情亮起了红灯，男人在外有了新欢，而她也有了追求者。

男人是她的初恋，也是她的大学同学。那个时候，没人看好，却没想到他们一携手就是三年。

碰巧她的同学娅回来了。她去找娅，见面时，她差点没认出来，娅发福了，以前那个当芭蕾舞演员的纤纤细腰不见了。娅穿着时髦的衣服，脸上却一副恹恹的表情。

她们一起躺在床上聊天，她本来是想找娅倾诉的，却不想自己刚张嘴，娅先倒起了苦水。娅说，她男人要和她离婚，他不再爱她了。怎么会呢？她大惊，以前他费了多少心血才把她追到手，怎么说变心就变心了。还有，一年前，她还见过他，他对娅的情意就是瞎子也能看出来。

娅是哭着讲完的，娅说他的男人在外养了一个小蜜，比她年轻，比她漂亮。她问，你男人告诉你这一切么？娅摇头说，没有，我请了一个私人侦探跟踪，才知晓的。那么你打算怎么办？她问。娅说,他不喜欢我在外抛头露面,这几年我都是留在家里,我真不知道离开了他,我还能怎样生活下去?

她沉默了,回来的几天,她一直都在想娅的事情。娅之所以落得这样一个局面,她自己也有很大的责任。要知道爱情中的两个个体永远都是独立和平等的,靠一方来养活自己,这样的婚姻,就算长久也是硝烟四起的,而娅到现在还停留在婚前他对她的炽热呵护中,但婚姻毕竟不是爱情,爱可以短暂如一天,但婚姻却是一辈子,很少有人能携手一生,平安到老,其间总会出现各种各样的诱惑、波折甚至灾难。

如果娅在婚后能找份工作,能像婚前一样对爱多投入一点,那她就不会像现在这样惨。

要知道男人的根都在家里,男人在外遇这条道路上能走多远,完全取决于家对他的重要性。记得作家王小波曾经说过:婚姻就好比一瓶神秘的果酱,靠两人一天一天一点一点地汲取,如果完全揭开了婚姻的神秘面纱,而忽略了婚后的投入与付出,仅靠一方的滋养,这样的爱走到头只能是一潭死水。

想到这,她释然了。她给男人打了个电话,她说她今天不回家了,有个很久没谋面的老同学想见她。电话里,男人立刻紧张起来,他说我马上就回来,今晚,我们能否一起共进晚餐?放下电话,她笑了。其实她根本不想去见那个追求她的男人。

有意或者无意地打亮一下婚姻的红灯,只要不去玩火,很多时候,并非坏事。因为男人都有这个毛病,自己的女人越是有人追,对自己就越重要。适当打亮婚姻的红灯,并非是对爱的不信任,只是现实需要。毕竟相守百年,仅靠几句承诺和一纸证书来维系，而忽略了共同的投入和激情的注入，这样的爱最终只能落得个分道扬镳。所以，当你发现自己的男人不再牢靠时，适当亮一下婚姻中的红灯，说不定还能拉回那个想走远的人。

我的爱一直陪着你

这个世上没有不爱钱的女人，她对他说，她也不例外。

他是一家企业的老板，有车有房，而她是他在招聘会上认识的。不久，她成了他的私人秘书，再不久，她就成了他的妻。

他的脾气不好，可她一次又一次地隐忍着，他不解，问她。那还不是因为你的钱啊，她撒娇地说。

可是，有一天，他的公司倒闭了，他一夜之间就成了穷人。更不幸的是，他找工作时遇到了车祸，一只腿废了。

他们回到了乡下的老家，可过惯了富贵的日子，他忍受不了贫穷的岁月，尽管她能变戏法似的做出些好菜，但仍无济于事，他嫌她做得不好吃，嫌她不会擦地板，嫌她不是真心跟自己，他每天就坐在那里，看着她，哪里不顺眼，他都会发一顿脾气。她一直忍着，因为这个时候，他不能没有她。

他也知道，他更怕她某天突然离去，所以他将她看得紧紧，可是越是担心，就越出事情，有天他听说她和村里的一个男孩有暧昧关系，那晚，他打了她，看着鲜红的掌印，他忽然紧抱住她，他说:对不起,我真的很爱你,没有你,我一天也活不下去。

然而没过几天他再次开打了,他把她按在床上,左右开弓,那个晚上他整整折磨了她一个晚上,但她死不承认她在外面有奸情。他不相信。

再好的脾气也受不了这样的折磨啊,带着伤痕累累的身体,她逃也似的离开了这个家。

他瘫在地上,拼命喊她的名字。他知道她走了,再也不会回来了。他绝望了,也不知抽了多少烟,他挣扎着起来,打开门,一拐一拐地往前走,前面有条河。也许,那是他最好的出处。

念着她的名字,他想也不想地跳了下去。

他却没死,醒来后就躺在路上,几个好心人围在他身边。

隐隐约约中,他感觉有个人把自己推到了岸边。是我老婆!他猛然尖叫:刚才是我老婆救的我。她就在水里面,快去救她,她不会游泳。

几个熟悉水性的一个扎子跳进去。一刻钟后,她被捞了上来。

原来,她并没有离去,就躲在屋外,当他跳水时,她唯一能做的,就是用所有的力气把他推到岸边。

至此,他才明白,她一直忠于他们的爱情,她也不是为了钱才嫁给他的,她的爱一直陪着他,安安静静,只是他明白得太晚了。那个爱他的人,救了他的命,自己却永远离开了。

一个吻的力量

莫名其妙地吵了起来。以前不是这样的，他们很恩爱，从没红过脸，他弄不清是哪个环节出了错，他只知道自从他成为公司的部门经理之后，她就变得反常了。

她是一个温柔又贤惠的妻子，他看中的就是这点，在家里他什么都不用做，因为她全包了。他也是个顾家的人，不管应酬有多忙，他都会在晚上 11 点前回家，只为喝她亲手熬的鲫鱼汤。可是最近几个晚上，他进门的时候，她都已经睡了，他只好独自一个人去做，很苦，他喝不下。

像今天这样，他要去见一个极为重要的客人，可翻遍了衣柜，都找不到一件合身的衬衫，因为那些都堆放在浴室里，已经有多少天没洗了。他终于忍不住了，找她理论。是的，我就是故意这么做的。她说。

他火一下子就上来了：真是个不识好歹的女人，跟着我你吃香的喝辣的，你还不满足。你说我哪里对不起你了，你母亲生日，我马上买了条钻石项链，你穿的用的哪一件不是名牌。

可是,我在你眼中没那么重要了,她眼睛红了。

他愣住了,继而咆哮起来:“神经——”,最后一个字还没说完,她哭着冲了出去,随着“呼”的一声关门声,留下一脸无助的他。

紧紧是相隔了几秒钟,他就追了上去。刚追到桥上,就听见有人喊救命。

想也不想,他脱下鞋子,跳了下去。

他湿淋淋地爬上来,一个人绝望地流浪。

在红灯下,他怔住了,她就在对边。他发疯似的跑过去,一把抱住她:“刚才以为你落水,幸亏你还在,太好了。”也不管有没有人看,他拼命地吻她。

终于你又吻我了。回家的路上,她欣喜若狂。他如梦初醒,原来这段时期她的反常,是在暗示着她有多重要。

有多久没有在出门前吻她了,他想应该是在当经理之后。

他以为物质的丰足就是她所要的幸福,所以他拼命地在外攒钱,却忽略了一个吻的力量。因为她不是那种贪慕荣华富贵的女人。在她眼里,一个吻远比名车钻戒更重要。

他庆幸自己在婚姻还没有走入死胡同之前终于醒悟。

爱情中,很多时候,往往并不需要千言万语,也不需要跑车别墅,一个吻的力量,就可以让你的女人感动得生死相随。

幸福就是好好地一起活下去

老公是个业余写故事的人，但是在我看来他根本就不具备文学家的气质，一天唠唠叨叨，像个老太婆。结婚的时候他向我信誓旦旦勾画着我们的幸福未来。可幸福是什么？当婚姻退却山盟海誓的虚荣，日子就只剩下油盐酱醋的平淡无趣。

我和老公在不同的单位上班，因为工作的关系，能聚在一起的机会少之又少，思念是在所难免的，可他却美滋滋地说："小别胜新婚。"直到我忍无可忍地站起来欲往外走，他才乖乖闭住嘴。

汶川地震发生后不久，我被派往灾区采访，想不到老公也被派去公干。5 月中旬，我们在都江堰会合了，以这种方式和老公团聚，是我极其不愿意见到的。那段时间，我们白天几乎每隔两个小时就要发一次短信，有时网络不好，就不停地重发，直到对方收到为止。睡觉前更要打个电话："还好吧？""好呢。""那我就放心了，晚上小心点，怕有余震。""我知道，你也是。"虽然每天基本上都是千篇一律的话，但电话那头传来的声音让我能踏踏实实地放下心来。

一个雨天，我正前往唐家山堰塞湖采访，下了车，一路步行，在崎岖的山路上忽然看见一个男人正在雨里牵着几个孩子往前冲。圆圆的脸，是老公。我惊讶了，连忙跑上去，见是我。他转过头笑了笑，说："自己小心点。不要让我担心。"我的眼睛一下子湿了，紧咬着牙齿，才没让泪掉下来，只是重重地点了头。

下午，再次见到老公时，他和几个同事正在一座废墟前忙碌着，我走过去帮忙，问他从什么时候开始这样做的，他说从来四川的那天起，他就没有闲下来，即使是雨天也不例外。我由衷地说："老公，你真伟大。"他笑了："傻蛋，我有这么伟大么吗？我只是做着力所能及的事。我相信我们能挺过来的。对了，你捐款了吗?"我的眼睛不知不觉地潮湿了，我点点头说："这是我见过的你写得最好的故事!"

老公没说什么，回到成都，他给我发了一条他自己编制的彩信：在一幢倒塌的楼房前，一群人手牵着手，幸福地微笑着。老公问我："你知道幸福是什么吗?"我赶紧回复："我知道，幸福就是我们能活着，好好地一起活下去。"

有些爱情是用来成长的

她做梦也没想到他会给她电话。她以为他忘记他了，他是那么忙，他是那么优秀，而她却一直卑微地活着，没有理想，没有激情。

他说他想见她，他迫切需要她的帮助，只有短短几句话，他就挂了机。她本是躺在床上，很舒坦的，忽然被他的声音震动着，心脏成了身体海拔最高的地方。

7年了。那时，他是学校篮球队的队长，很自然地，她成了他的拉拉队队长。她追他，缠他，虽然他的身边从来不缺女人，但她依然无怨无悔。下雨了，她给他送伞，鞋破了，她抢着给他补，饿了，她总会第一个把香喷喷的鸡翅送上，甚至他和其他女人闹了矛盾，她都甘心去充当和事老。

她爱得如此深，他俨然就是她的太阳。他的一举一动，都令她深深沉醉。他对她若即若离，不冷不热，不远也不近，他身边的女人换了一个又一个，她是唯一没有离开的人。

他们就这样走了过来，从高三到大学，从大学到工作。她一直都没能拴住他的心，他也从没停下脚步，好好看看她这片风景。他像风一样，飞来飞去，而她只能紧紧追随在后面，守着，祝福着。

但他是那种天生具有野心的男人，毕业两年，他就换了三种工作，从武汉到广州再到北京，他说不闯出一片天，他是永不停下追逐的脚步。于是，他就自己开了家公司。

她在他所在的城市生根了。钱少，休息时间也少，疲倦却幸福着。从她公司门口到他公司门口只隔一层楼。闲暇的时候，她端杯咖啡坐在阳台上，就可以看见楼下端坐的他。

她爱得心疼，却等得无悔。他不是不知道，却从没给她任何承诺，她就那么傻傻地等，她认为值，她的朋友都为她打抱不平，其实她身边也有很多的追求者，她从不正眼瞧一下，这一切只因为他。

他依旧过得潇洒，快乐的事他会找他喜欢的女人去快活，有了麻烦事他总会找她。一个电话，她不管多么忙，也不管有多么重要的事，她总会在最短的时间内赶到。

这次，也是。

他们相约在公园见面。刚坐下，他就迫不及待地说他需要十万，他的公司才能转危为安。她不是不清楚他公司的处境，很可能她的钱放下去也只是冒个泡。但望着他期待的眼神，她什么也没问，就点头答应了。

她到处筹钱，亲戚、朋友，该借的都借了，该求的都求了，还差一万。她一咬牙，向公司借了一万，她说自己办婚事用。

看着自己的钱安全地划到他的账户上，她笑了，她给他打了个电话，电话那头他只是简单地问了一下，连句谢谢的话没有，她也没说什么，她认为那是她应该做的。

却没料到回来没多久，她就被老板炒了鱿鱼，公司让她归还欠的钱，没法，她只好去找他，他在电话里冷冷的，没安慰，也没说钱的事。她的心一下掉进了冰窟里，想起这些年她的付出，她的眼泪忍不住夺眶而出。

在床上她坐了三天，她给他打了十通电话，每次他都说忙，忙得没时间理会她，最后那次，他干脆说，没什么事你不要来烦我。之后他的手机就无法再打通。出乎意料，她这次异常平静。而泪水，却如虫子般爬满了床单的每个角落。

一个月后，她重新找了份工作，离他的公司已经很远了，她也不再想那些以前的事情。是的，她想那些往事对于她说，已经过去了。这一个月里，她终于明白，有些爱情是用来成长的，就像她对他而言，她再多的温柔、再多的痴情、再长的守候，也换不回他的一句贴心的话。她所有的价值只是他落难时的一个助跑器，仅此而已。

想通了，也就安心了，她没再找他，她想，她用了 7 年的时间来让自己长大，时间是长了点，代价是大了点，但从此她可以完完全全把爱掌握在自己的手里，从此与幸福相依为命，也值了。

总有一些往事能直抵心灵

那个美丽的清晨,他们一起去看日全食。这是早就计划好了的。男人和女人都在这个城市打工,又是老乡,一来二去的,彼此就熟了。

本来平常只是偶尔联系,可那天早上,男人忽然想,要是能发生点什么,那该多好。于是,男人给女人打电话说,我们在幽园见面吧。幽园,很美的名字,是一个小岛,碧绿的湖水围绕。男人从没去过那里,但他知道,去那个地方的人,都是有点暧昧关系的。

男人很早就在路口等女人,清风微拂,碧波荡漾,鸟语花香,这样的良辰美景,男人突然有种陶醉的感觉,他伸出手,想去牵女人的手。女人有些矜持。男人只好说:“等会儿上船的时候,我怕你走不稳。”

到达小岛的时候,太阳已经开始变暗。女人突然微笑不语。男人就问:“你笑什么呢?”女人看了男人一眼,没说话。男人从怀里掏出一副太阳镜说:“戴上,免得刺伤了眼睛。”

女人朝男人投来感激的一瞥。这让男人想起了自己的妻子。很多时候,妻子都是用这种眼光看着自己。男人是赌气出来的。在那个穷山沟里,他早已厌倦了驾驶拖拉机的日子,希望能用自己的双手来改变这个家。可是妻子舍不得他离开,毕竟孩子还小,父母却老了,靠她一双手,太苦。于是,争执是避免不了的。尽管很多时候,他都是以沉默应对,但当生活被无休止的吵骂所颠覆时,他的心便渐行渐远。

可是,总有一些往事能直抵心灵。比如每天早上,妻子总会把他的皮鞋擦得雪亮。每天晚上,她又会早早地跑到楼下,傻傻地等着他回来,然后端上他最喜欢的尖椒炒肉。她是最怕吃辣的。男人这样想着时,心里忽然充满了愧疚,她那温柔的眼神,那些饱含爱的细节,此时都分外明亮起来。他仿佛像一个饥渴的孩子,将这些平常被尘埃淹没的往事,仔细地咀嚼着,然后朝旁边移了移身子。一厘米,两厘米,男人不动声色地远离女人慢慢倾斜过来的身子,眼睛望着渐渐暗下去的太阳,心中却在想着在家中苦盼自己的妻子。

女人突然尖叫起来,此时大地已经暗下来,整个太阳都变成了一轮黑色的圆盘。这时,女人的手机响了起来。她想都不用想,就知道是丈夫发来的短信。

他在短信里说,亲爱的,快出来看日全食,我正在这边望着天空,也望着你呢,我想,你一定很忙,忙得没时间出来,也不要紧,以工作为重,家里,有我,你大可放心。他又在短信里说,如果你真的想看日全食,那就打开我给你邮寄的包裹,在里面,有一副太阳镜和望远镜。是我专门为你买的。

包裹早就收到了，只是女人没打开。她想，对于丈夫，自己早已麻木了吧。那个老实巴交的，只懂得唯唯诺诺的丈夫，从来就没给过自己任何刺激和浪漫。但她，却是一个不能安分的人。记得求婚时，他只是把一本房产证摆在她的手里，玫瑰和戒指，便成了她一直奢望的礼物。但现在，她每天，都能收到男人大把的玫瑰。

她想是自己错了，这些年来，丈夫的浪漫原来一直都在。那些温暖的话语，那些不动声色的关注，哪一件不是爱的表现？或许，他早已感觉到在这么一个浪漫的时刻，自己一定会有男伴相随，所以只发来了短信。

当一线刺眼的光芒从太阳西边射出，星星也在顷刻间隐没，女人松开了抓住男人的手，彼此无言地向回走。然后，女人把眼镜还给他，说谢谢。男人就笑，女人也笑，只是那笑容，没了来时的暧昧。

女人想，回去，一定把望远镜拿出来，今年是用不着了，但还有明年，后年……只要能跟自己心爱的人在一起，哪一天，不都是快乐的日子？

是啊，世上诸情诸物，当退却了繁华和浮躁，便会发现，总有一些往事能直抵心灵深处，于是淡泊和随和，便成了每一缕晨曦里最悸动的心跳。

等候，只为了一个拥抱

她是班上有名的才女，从小到大，她都是在别人的呵护下长大的，一直以来她总以为自己是天使，直到有一天她的梦想被彻底压碎。

从高中一直到大学毕业，围在她身边的男孩子走了一批又来了又一批，她对他们一直都是淡淡的，但有一个男孩例外，他像轻风一样追随着她。

他总会在她最失意的时候出现，又会在她最得意的时候离开，他们是高中同学，又是大学同学，巧的是还在同一班，还在同一个社团工作。

她一直觉得他就是自己的保护神，有困难的时候他一定会伸出援助之手，只要他能做到，做什么都行。只是她感觉很奇怪，这么多年来，他从没对她表示过什么，连暧昧的词也没有说过。于是，她问他：为什么呢？他避开她的视线，神情淡然，我只是想让你过得好一点，一个人生活毕竟很苦。

很实在的一句话，也很温馨，她差点感动得哭了，但是她转而又想，这不是她要的爱情，她所渴望的不是这样的。他太平凡了，平凡得犹如一粒沙子，毫不起眼。

毕业之后，她进了一所中学，而他去了另一个城市。一年之后，他突然转进了这家中学，望着她惊讶的样子，他笑着说，我怕你一个人不快乐。

就为了这么一句简单的话，他从高中一直陪她到工作。有时，她想他跟她就是这样的宿命吧。一次，她没米了，他去提了一袋，回来时她突然牵着他的手说，你喜欢我吗？可是你知道这么多年，我为什么没有谈恋爱吗？

沉默了半天，他点点头，又摇摇头。

因为我恨男人。她说。

13 岁那年夏天，那时她还很幼稚，比她大 10 岁的表哥来她家里耍，她被他奸污了。他们这种暧昧关系一直保持到她懂事的时候，她多次想到了死，可是她又害怕。她也想去告他，但想起他那哀伤的跪求的眼神，想起这些年他的忏悔，她又心软了。她问他，她是不是一个很卑贱的人，这么多年苟且偷生，是不是一种错误？

他明白她为什么没谈恋爱了，原来她一直都把自己的心锁了起来。她说，你不急于回答我的问题。先想想，不回答也行。

那天晚上，他从市里买了 99 朵玫瑰回来。他告诉她，如果是他遇到了这种情况，他也会像她那么做的，毕竟他也知道错了，人活着哪个不会犯错误呢。而且跟生命相比，贞操又算得了什么。如果是他的女友，他希望她能忘掉过去，为他好好地活着。

第一次，她扑进了男人的怀抱，这么多年的痛她终于明白到今夜才真正过去了，她终于庆幸自己勇敢地活了下来。他抱她的时候，她哭了，为了这一个拥抱，她真的等了很多年。

君子兰的爱情

自从那个女孩来到学校以后,他是彻底变了个样。

他开始按时上班,按时给学生批评作业,他开始注意自己的衣着打扮,一改过去的懒散和不修边幅。他开始留心自己的言谈举止,一改过去的那种粗俗态度而变得彬彬有礼。他知道,这一切的改变都是因为那个女孩。

女孩就坐在他的对面办公,和他教同一个班。每一次碰面,女孩照例会给他一个甜甜的微笑,其实女孩遇到每一个同事都是一脸的微笑,但这种微笑在他的眼里,已被无限量地放大了,升级了,他总觉得这里面隐含着其他的意思,犹如窗外那盆含苞欲放的君子兰,长久地开在心中,逸着清香。

真是一位好姑娘,他不时地在心里感叹。他心里清楚单用一个"好"字来形容女孩是远远不够,只是一时间他找不到比这更恰当的词汇。

每一天,他都沉浸在那个微笑给他带来的甜蜜中,有时虽只是一个眼神的交错,却也够他陶醉好几小时了。

有一天他看到一本书说,爱就开始于你不停地思念伊人的味道。他忽然明白,情根已经深种。只是他一直在小心呵护着这种感觉,就像他呵护那盆含苞欲放的紫罗兰一样,他不敢过分追求,心里时时刻刻提醒自己爱不可轻言提及。他在静静地等待紫罗兰开花的那天,那天应该是他人生改变的重要时刻,他想。

3个月后,女孩通过公务员考试要调进市委做文员了。她有了更好的前程,他似乎比她更高兴。欢送晚宴上,他一个人忙这忙那的,就好像是自己升迁了一般。同事们都调侃他,他也只是淡淡地笑着,什么也没说,而他心里的苦只有他自己知道。

那晚,他喝了很多酒,送别了同事,他没有回家,而是到了学校的办公室。推开门,一室的清香,紫罗兰开花了,他的心里一震,眼泪一颗一颗地落下来,在花朵上溅开,像一朵朵洁白的浪花……

若干年之后,他在公园里遇到了她,擦肩而过的刹那,他分明看见了她眼中深深的幽怨,回去后他把这个疑问告诉他的好友。好友说:“既然爱她,为什么不让她知道呢?”

此刻,他如被电击,久久无语。

爱情不能太透明

那时，他以为她就是他的全部，除了她，其他的女人，他正眼都不瞥一下。

而她也以为他就是她精神的支柱，每分每秒都在想着他在干什么，想得入神处，她嘴上满是笑容。

他们有他们的爱情专号，那个号码，除了他没人知道。有时候，家里那个老实巴交的人找到她埋怨时，她就用指头戳着他的头："刚才人家的手机没电了嘛。"

他们把约会定在了周二的下午，那个时间他的女人要开会，而她的男人正忙着和业主谈判。她把头靠在他的胸膛，习惯性地缠揉着他的手指，有一天她说："我不想这样偷偷摸摸下去了，像贼一样。"他笑了，说："好！"

接着他们开始想方设法地摆平家里的人，他把自己的家产全部给了女人，而她家里的那个男人经不起她的软磨硬缠，只得乖乖弃械投降。

结婚后，他以为他们能情投意合，白头偕老。然而，才过了三天的蜜月期，他们就开始了无休止的吵架。她以前的温柔和贤惠到哪里去了，他开始怀念偷情季节里的她。她也在想，他的包容到哪里去了，以前她不管做错了什么事情，他都会温柔地说："宝贝，不要紧，改了就是。"而如今，仅仅是摔了一只瓶子，他就受不了了。

这就是她所追求的幸福吗？

他说过要养她一辈子，她就回了家，开始她还觉得新鲜，可天天无休止地看电视，看了几天也就腻了。她给他打电话，他柔声说："宝贝，我在开会呢。"可是她觉得很无聊，隔半个小时就打一次，开始的时候他还接，到后来他索性关机了。

她也就生气了。旋风般地冲出去。在街上她遇到她以前的男人。他们一起去喝茶。他说："要是过得不好，就回来吧，家的大门永远为你敞开着。"她心里暖暖的。而他那个时候也正和前妻谈着以前的快乐往事。

巧得很，他们一起回了家，彼此心照不宣地笑了笑。晚上睡觉的时候，她紧拉着他的手，却突然发现，他是那么陌生。

她在想：为什么做情人时他们能彼此相敬如宾，结婚了却是无休止的争吵，难道他们只适合于做情人？还是她喜欢的只是偷情的味道。

他开始怀念那段偷情的日子，那段痛并快乐的时节。

他们在这个胡同里又钻了半年，等发现没有出路的时候，分手便是必然的了。

那能怪谁呢？要知道两个把婚姻当游戏的人，组成的一段过于透明的婚姻，本身就很脆弱。

爱情劫

她在他前面坐下，一眼就看到他的不自在，他摆弄着咖啡勺，目光下垂。

她向前移了移，他才抬起头，问："来了啊？"

"恩。"她本来有千言万语，可不知从哪说起，她只好再把身体动了动。

一串亮晶晶的项链在他眼前晃来晃去，他看得入了神。都 4 年了啊。他突然说。他永远记得那个寒冷的假期，他和她的爱情结了冰。

他们大学牵手 4 年，他从没送过她礼物，她也没有问他要过。他家境不好，母亲是个残疾，家里还有两个弟弟在读书，她深知他的苦。

可是毕竟这么多年了，她想总得有个爱情的见证吧。

情人节。她心里憋得慌，有个初中同学想邀她去玩，她也明白同学的心意，她没去，她觉得对不起他。

她给他电话，说有个有车有房的初中同学想追他，还承诺给她买一串祖母绿项链,他却在电话里沉默了。其实,就是在地摊上买串5元钱的铁项链,她也就心满意足了,她在家里想,只要一串项链,她这辈子就跟定了他了,不管受多少苦,她也愿意。只是她没说出口,她以为他会懂。

她的卡上没钱了,还没等到他回答,电话就切断了。

她很早就回到了学校,他也来得早。

元宵节这天,她约他出来,他们在校园里逛着,把那条他们最喜欢逛的路来来回回走了好几遍,他还是没有把他的情人节礼物拿出来,她也就绝望了。

开学不久,她签了家学校,而他进了公司。后来他们还是会偶尔小聚一次,只是她对他的情意明显淡了。

毕业之后,大家各奔东西,他们联系也就淡了。直到第二年情人节那天,他忽然邀请她喝咖啡。她激动了半天,是他想起他欠她一个情人节礼物了吗?可是他没说话,只是看着她颈上的项链,她本想找些话题来冲散眼前的尴尬,可是一向伶牙俐齿的她居然手足无措。

他有好几次把手伸进了口袋里,每次她都在期待,只是每次又都让她失望,她终于受不了,她起身,说身体不舒服,想回家休息。

那我送你吧。他说。

不用了。她哭着奔出去,只留下一脸呆相的他。

其实他的口袋里就放着一串项链,不过不是祖母绿的。好多次,他都想拿出来,他也知道,只要拿出来,她就会死心塌地地跟他走,可是他又怎么能委屈自己心爱的人,再等几个月吧,等把那三个兼职做完，他也就有那个经济实力了。

他很想解释，可是他再打她的电话，却再也联系不上了。他终于明白了，她对他是彻底死心了。

数月后突然传来她结婚的消息，他气得整整一周没起床。

再次见她是在五年一次的同学聚会上，他一眼就看见了那条祖母绿项链。那时，他也有了自己的女友，订婚的时候，他问她要什么项链。她柔情似水地望着他，只要能和你一起，就是在地摊上买串项链，我也高兴。

他笑了，给她买了串祖母绿项链。那时，他才明白项链只不过是对方想要他的一个承诺。他更不会忘记多年以前，他曾经轻率地错过了一个女孩的真情。他不想再错了。

穿过骨头来爱你

算是网恋吧。

不过，她一直相信这是天意，要不然她每次去图书馆，一翻开杂志，上面就有他的文章呢？朴实干净的文字，青山绿水般绵长。

她想，她是一次比一次着迷了，学校的报刊亭撤了，她就跑到十里外的市区，为的就是买一本有他的文章的杂志，然后，放在床上，让心在墨迹飘香的文字中慢慢舒展。

知道他就在这个城市居住后，她满世界地去打听他的联系方式。她加了他的qq，他们每天都聊着，每次都到深夜两三点。她说，见吧。他说，好。

于是她选了个月牙饱满的夜晚敲开了他家的门。

呆住，她没想到，写了那么多沧桑文字的他，竟然和她一样青春年华，只是他的旁边多了副拐杖。瘦瘦的，脸色还有点苍白。他懂的很多，很多都是她没听过的。她抬起头，聚精会神。有时，她甚至觉得，能如此近距离地看着他，也是如此幸福。

她每周都会去看他，每次都带点吃的，他喜欢。天气晴朗的时候，他们会一起在外面散步，她快乐得像只小鸟。一度她认为，这就是她想追逐的幸福。

没想到父母反对他们的来往，她仍然义无反顾地跟着他，甚至还把东西搬到了他那里。同学们也嘲笑她，她总是替他辩护。有时，她把同学说的都告诉他，他沉默着，不说话。

她总觉得，他的脾气变得越来越坏，他开始不断地挑剔。多数的时间，她都没反驳，一个人，坐在沙发上，泡杯茶，静静地看他写的文字。她就那么坐着，不吵也不闹，安静如一株睡莲。

她总是隐忍着，可越是这样，他就越挑剔。以前，她每天晚上都会给他按摩，他总说她的手法到位，可现在他却嫌她手重。她开始怀疑，难道这就是她费尽千辛万苦“得来”的幸福。

有一次，她终于忍不住了，说了他几句。他火大了，喊她滚。她也就真走了。她走的时候，只留下一本日记。

人走后，他开始后悔，她的离开，使一切都归于平静，只是他时常会坐在阳台上，望着树林发呆。

他把爱情失败的原因归结于网络。

在一本长篇小说杀青之后，他终于闲下来，看她的日记。那上面记着的全是他的点点滴滴。刹那间，如同醍醐灌顶，他终于明白她的离开只是不忍，不忍让他在虚拟的世界里自我迷失。如此深入肺腑的感情，他却一直不懂她的心。

是他错了。

他终于明白：爱，或许就是这样，用挑剔的眼光看，终究不可能会有长久的幸福。

爱的容忍力

她是校花，校报的头号记者。而他在这个城市唯一的外资企业工作，他家境不错，在市中心有幢自己的楼房，父母都是公务员。

每天他都会开着自己的银白色小车来和她约会，他经常请她的同学去吃大排档或者去最豪华的歌厅唱歌，每次他都是一掷千金。同学和朋友都很羡慕他们王子公主般的爱情。

她把她和他的故事告诉家里，也没人反对。有时她就想，或许这就是她的命吧。他说等她毕了业，他们就结婚，她的工作，他都帮她找好了，只要她点头，就行。

他们天天都见面，吃肯德基，晚上再去泡杯咖啡，或者吃烧烤，再去电影院看场电影，日子就这么一天天地过去，他对她始终那么好，闲聊的时候，两个人议论得最多的就是哪里的东西好吃，哪里又挖出了什么古玩。

5 月的一天，他说他要送她回家。路上，她忽然喊停。她在一个公园下了车。每次心情不好的时候，我都会来这里，你想知道为什么吗？她侧头问他。他们在一个摊子外停住脚，穿过一片树林，他看见对面的桌子上坐着一对情侣。

女孩很年轻，穿着也很朴素。男孩起了身，走过去和老板说了几句，又走回来。你知道他们在说什么吗？她问。他轻轻摇头。

说话时，有顾客来了，男孩很快忙起来，又是倒茶又是点菜。男孩做这些的时候，女孩一直都痴痴地望着他。忙完了，男孩又坐过来，两个人相视一笑，然后紧紧地握住手。

也许他是老板的儿子吧？不过，这个地方好脏。我们还是走吧。他牵着她的手，望外面走。她甩开。

寂静的夜里，那对情侣一起分享助人为乐的喜悦，两颗心紧紧地依偎在一起，那是在分享无言的幸福，也是在分享无比的甜蜜啊！

看着看着她忽然觉得眼睛有点湿了，她转头，你以前一直不是都想去我家么，如果我告诉你，那个老板就是我妈妈，你会怎么想？

怎么可能呢？他笑。

我只是开个玩笑罢了，我饿了，想进去坐坐。她撒娇。

这种地方怎么能配得上你尊贵的身份呢，还有，你看，那个老板身上多脏！走，我带你去个好地方。他再次劝。

再好的地方也没呆在自己的亲人旁边温馨。她甩手，飞奔进去。

妈妈，我来了，今天是您的节日——母亲节，我来给您帮忙了。她哭着喊。

老板停下手中的活，愣住了，他也愣住了。

她很快跟男朋友提出了分手，很多人都在为她叹息。

只有她自己知道分手的理由，因为她知道，一个连她母亲都嫌弃的人，又怎么可能和她一辈子相濡以沫呢。

爱情的味道

她是一个水吧的女老板，经营一家不大不小的水吧。奶茶、奶冰、冰啤、冰粥，还有豆浆。她是一个只爱喝豆浆的女子，所以她的店里有其他水吧里没有的豆浆。但是她的豆浆却不外售的。

他是她的第一个顾客，一个IT公司的精英。那天，她正站在店门口翘首期盼。这时一个温柔而带有磁性穿透力的声音在她耳边响起“给我来杯你手上那种的”，四目相对，电流频传。于是，她外售了他的豆浆，而外售的顾客只有他一个。爱情来时就如煮豆浆，滚滚而来。她的爱情在他的豆浆里夺光异彩。她每天会变着法子给他煮各种各样的豆浆，放点红糖、蜂蜜，或者放点草莓、苹果、咖啡……然后打包装好放进他的公文包里。目送着他匆匆上班的背影，想象着等下他喝着自己为他精心制作的红糖豆浆、蜂蜜豆浆、草莓豆浆时的幸福样子——她也就幸福了。每次回来她总会问他今天的豆浆是什么味道的，开始他只是说很特别，看到她撅起的小嘴后，他再也不敷衍着只说好喝了。他会告诉她——红糖豆浆——甜而不腻、甘入心田;蜂蜜豆浆——芳香四溢、丝质润滑;草莓豆浆——酸中带甜、羞涩清香……她频频点头微笑,爱情在豆浆中升温。

那天晚上兴尽晚归,第二天起来才发现睡过点了。于是匆匆忙忙打豆浆煮豆浆加入咖啡打包装入他的公文包,看他走远了才松一口气。抬头却发现桌上的红糖忘放了,于是一路追去,老远就看到他走进了那栋高耸的办公大楼。她在祈祷电梯慢点来好让她把红糖送去,当她兴冲冲地跑到门口的时候,隔着玻璃窗,却发现他正在把自己给他精心制作的豆浆拿给一个穿着工作服却藏不住妩媚的妖娆女子。女子欣然接着,脸上一片笑颜如花,两人有说有笑地向电梯走去。顿时,她脑袋一片空白,不知所措。她像风一样的跑了,带着她的豆浆,永远地消失了。

几年以后,在另一个城市,她开了一家不大不小的水吧却只经营豆浆。也许当一个人的爱情逝去的时候她会把她的事业当做爱情来经营,所以她的水吧在当地也算小有名气。人们都说在她的店里能品出爱情的味道。香草豆浆——初恋的味道,红酒豆浆——热恋的疯狂,苦咖啡豆浆——失恋的痛楚。……那一天,店里走进一男一女还带了个小女孩。她一眼便认出那个红色妖娆的白领女子,而那个男的却不是她想的他。她给她来了杯咖啡豆浆,什么也没有说。倒是他们喝完后妖娆女子走到她的跟前结账的时候说起:“你的豆浆和我以前喝过的一种味道很像,那是我同事的女朋友弄的。可是我同事天生味盲无福消受啊硬是让我帮他尝那各种各样的豆浆,那是我喝过这一生中最好的豆浆啊。哎,只是可惜啊两个人后来不知道什么原因没有在一起啊。不过你的豆浆和她有得一比呢……”

她脑袋一片空白，只有各种各样的豆浆搅和在一起还有他喝豆浆的样子一齐晃悠在眼前，模糊一片，可记忆却突然那么清晰。那是她唯一在他那里过夜的时候，由于新环境不熟悉早上她煮豆浆的时候把盐当砂糖放了而他却像什么也没发生一样那么津津有味地喝了它。当时她还笑他傻。现在她知道了在味盲的人嘴里永远只有一个味道——苦味。他品的不过是她给的爱情的味道，那是她配的料，她却放弃了。

自己何苦为难自己

他们是自由恋爱结婚的，在那个一穷二白的年代，他们的结合，受人羡慕。婚后的生活，虽然依然清淡，可是他们很幸福。她对他温柔体贴，而他对她也是情意绵绵。

90 年代中期，他去深圳闯荡了 5 年，有了家公司，他把妻子和儿子都接了过去。她原以为能过上稳定的日子，可是她却想错了。他开始挑剔她，不是嫌她做的菜不好，就是嫌她不会交际，带着她去公开场合，总拖他的后腿。她虽然很努力地改善，但家庭中的硝烟味却日见浓厚。

每次回家，他总要挑三拣四地说一番，她一再忍着，只为不想在孩子面前伤他的面子。

那一次，儿子有道数学题不会，请教他，他洋洋洒洒地讲了半个小时，儿子依然不懂。她从厨房里出来，听了儿子的讲述，她立刻纠正他的说法。两个人都据理力争，他做梦都想不到这个平常对自己千依百顺的女人头一次和自己拗上了。他实在忍不住这口气，说了几句狠话，摔门而出，剩下一脸茫然的妻子和孩子。她不明白，明明是他错了，他却还那样，根本不考虑她和孩子的感受。她更不明白，他在外面总是微笑谦和地待人，为何一回到家就变得如此不耐烦。如此刻薄。

他是带着酒意回来的，一进屋他就把自己关到了书房。她轻轻地喊老公，没应，再喊还是没应。直到她喊第十声时，她的手机响了，打开，只有三个字，对不起。她也回复："其实我也不想这样，但为了孩子的成长，我不能退让，我不想孩子长大后，才知道他的父亲，曾经教给他那么多错误的知识。我想，你也不希望这样。平常，我都让着你，我知道你在外面已经够辛苦的了，我不想你回来再辛苦，所以对你的牢骚，我一再忍让着，因为家是你依靠的港湾啊。"

他想起这么多年要妻子对自己再三的忍让。为什么自己能对不熟悉的人再三礼让，却又对自己最爱的人如此挑剔？难得非得把一个好端端的家弄得四分五裂，弄得自己筋疲力尽，才能心安么？她说得对，家才是自己永远依靠的港湾。他深深叹口气："人啊，何苦自己为难自己，为难甚至去伤害那些疼爱自己的亲人呢？"

他开了门，一遍又一遍地说着对不起，把头深深埋进了她温暖的怀里，无语泪流。

两个人的圆

她想她是爱他的，他是一名心理医生，她是一位瑜伽老师，他们还有一个漂亮的女儿，在美国读大学。

那晚，她早早回了家，做好一桌菜，她以为他会早点回来，她以为他就是再忙也不会忘记今天这个特殊的日子。可是他的确忘了，深夜，他才拖着疲惫的身子回来，也没洗澡，一下就躺在床上。她说，今天女儿打电话回来了。他迷迷糊糊地“恩”了一声。她把身子侧过来，说，女儿打电话回来，问我们今天是怎么过的？难道你真的忘了，今天是我们的结婚纪念日啊。

他一下子弹起来，用手拍了拍额头，他说，你看我，为了诊所的事都忙晕头了。她不说话了，别过头去，泪却浸湿了枕头。

他总是说忙，一回家就睡觉，缺乏交流，也没有了激情。别人总羡慕他们，羡慕他们有车有房、才子佳人般的婚姻，然而只有她深知其中的苦。

她想他们是走到了尽头。

有个男人一直想追她，她喜欢那个男人的幽默与风趣，她喜欢那个男人随意营造出来的浪漫。她一度想,那才是她想要的生活。但她一直拒绝着,二十年的感情,说离就离吗?她依在窗台,默默地叹气。

她终于无法忍受这样的日子了,她本想搬回家,但又不想抹了他的面子。那天,她去他医院,挂了他的号,本想和他好好聊聊,可是他太忙了,一狠心她就和他分了“家”,他住书房,她住卧室,家里所有关于他们的东西,都分开了。

她去超市买东西,他也去。她买鱼买肉,而他只买方便面和黄瓜。晚上吃饭,她一个人坐在餐桌上享用着,而他只是啃着黄瓜,吃着方便面。

深夜,她下楼想看看他睡得怎么样,却不料在厨房里看到他偷喝她买来的牛奶。她问,你在干什么呢?他就笑。

那个钟情于她的男人又来找她,说他要离开这个城市了,想邀请她到家里坐坐,她犹豫着答应了。却不想被他撞见了。

回家他和她闹。她说自己是清白的,可是他不信。他说离吧。离就离吧。反正这种日子,她也受够了。

他们去排队登记离婚。有一对年轻的男女就坐在他们的对面,男孩拿着女孩的手,在手心里画着爱情的圆。她忽然想起20年前他们登记的时候,他也是这样拿着她的手,一样画着天长地久的圆。看着看着,她眼睛就湿了,侧头看他,他也看得入了神。

终于轮到他们了。可是离婚却要先出具结婚证。他说,我们这些年都搬了好多次家,结婚证都不知道放哪去了。

那没办法,没有结婚证,你们就离不了。办证的人一脸认真地说。

回家，他差点把房子翻转过来，依然没找到。他就对她说，想不到为了办离婚，还得要补办一张结婚证。她没说话，心却早飘到了20年前。

他们商定去20年前办证的婚姻登记所补办。下了车，可他们却在高楼大厦里迷了路。问了很多人，才找到当年的那个小房子。却早已没人住了。

他们顺着台阶一步步地走上去。

还记得当年的那些事吗？他忽然问。她点头。

那个时候你特别爱笑，为了这，摄影师连续给你拍了5次，一结账，我们少两毛钱。最后没办法，写了张欠条，第二天还是我送回来的。

她笑，那个时候你话也特多，摄影师都给你取了个外号，你还记得不？

当然记得，刀子嘴嘛。都过这么多年了，想想，犹如昨天。

她忽然不说话了，只是站在那，一遍一遍地在房子里走动着。

他下来，开动了汽车，却迟迟不见她出来。进去，他就望着她，一脸的泪。

他伸手，轻轻刮去她的泪，然后握住她的手，打开，画了一个同心圆。

还记得这个圆么？他的声音极尽温柔。

她拼命点头，她当然记得，每晚睡觉前，她都会在自己的手心里重复着这个动作。因为，那是他们两个人的圆，两个人一辈子的圆。

下辈子还做你的女人

朋友都说他是高攀了她,他只是个寒酸的工人,又矮,又黑。而她才 25 岁,花一样的年龄,只是她也没办法,回去,已经没有退路了,她的亲人和丈夫都不要她,嫌她有精神病。

她是流浪到这里的,他收留的她。他给她治病,也不知道怎么的,这病在家里治了好几年都治不好,在这里三个月不到就好了。他笑着说,那是因为你从没得到爱,心里一直放不开。想想也是,像她这样的人在她家那里是没有任何地位的,她只是被人嘲笑和辱骂的对象。半年前,她的母亲瞒住她的病史,给她找了门亲事,结果 3 个月不到,她就被赶了出来。

她认为这都是她的命,她也就认了。

他对她好,贴心的疼。每次回家,他的手里都不会空着,要么是苹果,要么是香蕉,要么就是她从没用过的化妆品。长这么大,从没有人对她如此好过,很多人都说她是金凤凰飞进了穷山沟,只有她才真正能读懂其中的滋味。

情人节,他带他逛街,给她做头发,出来结账,她吓了一跳,竟然要300元。她的泪一下子就流下来了,他抱住,轻轻说,哭什么呢,你应该高兴才对。她想,也是,毕竟这是她过的第一个情人节啊。她知足了,以为自己上辈子修来的福才会遇到他。

他每天都要很早出门,他也不想让她劳累,她只好隔夜煮好鸡蛋,让他带着路上吃。回来,他像变戏法似的摸出一个蛋,给你,我在超市看着便宜,就买了给你补身子。望着他,她的眼睛一下就湿了,她才不相信那是买的,那分明是他舍不得吃啊。后来,她赶了好几里路,去了他所说的超市,并没有看见他所说的有便宜的鸡蛋买。

可是有一天,他再不需要她煮鸡蛋了,他出事进了医院。她提着稀饭来看他,他却坐不起,她就端着,吹一口,舀了一勺送过去,又吹了吹,又舀一勺。他幸福地吃着,好像享受一顿美味。

他不能再去工地了,他就在家待着,种种花草树木。她说,我养你,可是他舍不得啊。但这次她认了真,他拗不过,毕竟还是要过日子啊。她找了两份工作,像陀螺一样安排着自己的时间,饶是如此,她还是觉得很幸福。

有一天,他突然对她说,我可能要先走了。她哭了,她说我舍不得你。他说,我也是,但是这是没办法的事,听我说:我走之后,你找个人嫁了,我不想再拖累你了,屋子后我种了一百颗桂花树,等桂花飘香的时候,它就值钱了。这辈子,我欠你太多,内心有愧啊。

她扑到他怀里哭了。她说一辈子都不会后悔嫁给他,也只有嫁给他后,她才明白什么叫爱,什么叫人生。

他悄无声息地走了。她什么都听他的,只是有一样,她没嫁人。清明节,她去看他,她大声喊着他的名字,她说,你一定要等我,下辈子我还做你的女人。

那一年,她生了一个儿子,取名叫不悔。

婚姻与亲情的距离

我有两个姑姑，大姑姑以前在乡供销社做事。一个同事恋爱了，准备结婚时，正值下放，他男人是江西人，因此回到了江西，她也就跟着过去了，在那安了家。后来供销社撤了，两个人的日子也过得十分寒酸。每次打电话回来母女俩都哭成了泪人。爷爷病逝的那年，她丈夫也病重，奶奶想叫她回来。大姑姑哭着说：她拿不出这笔车费，也就没回来，几十年过去了，大姑一直都没有回来，后来都不知道是死还是活了。小姑在十年前考上了一所名牌大学的研究生，也在当地安了家，奶奶为此哭过好多回，但都没有办法，只有过年时她才能回来看望一次，然而小姑夫妻俩却从没在一起过一个完整的春节。

我大学毕业时，女友也极力挽留我留在辽宁。我知道要是留下，我能过上衣食无忧的日子，可我舍不得操劳了一辈子、现在却疾病缠身的父母，我无法想象要是像两个姑姑一样留在外地，父母有个什么三长两短又无法去照顾，那将是怎样一种令人心碎的折磨。

于是我回到了家乡。结婚、做父亲,两方的亲人都能来看我。闲暇时,我们就两边跑,因为距离都不是太远,其乐融融。过年时或在母亲家过早年,或在岳母家过晚年,和两边的亲人打打牌,吹吹牛真好。无独有偶,姨娘有个女儿大学毕业,她说什么也要让女儿留在本省工作,莫非她是因为听了我家的故事,担心女儿远嫁他乡,有个什么三长两短都找不回人,或者一年想到头,才换来一回见面,而夫妻两人都只能在思念中走完漫漫春节。

浪漫，在拐弯处现身

他的公司倒闭了，他一夜间成了穷人。

为了躲避追债，他们搬到了一个陌生城市，他在一家超市里做搬运工，每天早出晚归。

她在家里待着，做些简单的家务，她本想去找一份工作，可他不喜欢。电视看腻了，上网也烦了，她只好每天坐在沙发上胡思乱想。她看到他站在门边向她招手微笑，她追，却怎么也牵不到他的手。那是真实的距离。她觉得生活太单调了，那些曾有的浪漫，那些月光下玫瑰盛放的温柔，离她是越来越远了。

她还年轻，没有浪漫的点缀，她总觉得少了点什么。她重重地叹口气，把手伸开，那枚戒指是她最为昂贵的首饰，她以前本想取下，给他还债，却怎么也取不下。

其实，她并不是贪图富贵，她只想让自己的爱情唯美一点，可他实在太忙了，根本抽不出时间来陪她，哪怕是陪她逛逛街，爬爬山，也好。

她生日那天，正好是情人节。他早早就出去了，她以为他会记得。但从早等到下午,她都没有等到他的玫瑰,哪怕是一个电话,都没有。

他是晚上回的家,比以前略早,她也没有说什么。饿了吧,我去给你做饭。她站起来,很失望。不了,吃了。他说。

那么,今晚还有点什么吗?她试探着。

你跟我来。他牵着她的手,走出屋,向前走了50米,拐个弯,前面就是一条河。

她惊呆了。河上流淌着几十只各色各样的小船,每只小船上都有一截小小的蜡烛,在月光的点缀下,五彩斑斓,星光辉映。

原来,浪漫还可以这样,她将头抵在他胸前梦呓般地说:“谢谢你。”是的,他并没有忘记浪漫,那些小船都是他亲自折的。他也明白以前带她去买钻戒,进五星级酒店消费,都没有现在揽她入怀时她笑得那样甜美。他说:“我答应你,不管有多穷,我都会给你制造浪漫,我不会让你再受苦。”

这一辈子,她都跟定他了,无论贫穷还是富有,她都会形影相随。那几十只美丽的小船,在她心中还在无声流淌,支撑着她一路走下去,心甘情愿。那可是她收到的最浪漫最昂贵最独特的情人节礼物啊。

因为感动,所以有爱

她觉得她的天空变了颜色,她腻了。于是这些天她想到了离婚。

激情没了,是该断了,出门时她对自己说。

闺中密友劝她申请个 QQ 号,说现在时兴这个,她也就申请了一个。她给自己取了个动听的名字:绿色伊人。刚挂了几天加她的人便超过了一百个,她也就很晚才回家,男人问起,她淡淡地回了句加班,然后进房睡觉。

她和他就在网上认识了,彼此感觉都不错,互留了邮箱。他开始给她写信,一个小时一封,信里全是青山绿水的爱。

一个月后他约她见面,他选了家幽静的茶馆。她准时来了,双方第一次见面,大有相见恨晚的感觉。也许这就是她期待的爱情吧!她不时心里这么想。

和他第二次见面,是在一个餐厅,他说他喜欢西餐,她应了。那一次她认为他们之间会发生点什么,可是她很早就回了家。

男人就在门口等她,走进去一屋子的菊花香。我还以为你就要离开了,男人指着一桌子的菜说:“所以我做了你最喜欢的菜,我不指望能留住你,但我,一直,在努力。”

她没说话,却泪眼婆娑。

那个人是我的朋友,可你知道为什么吗?

男人坐下来,静静聆听。原来下午他们聊了一会,他要了一份肯德基,两份冰淇淋,又为她点了一份汉堡。

一边吃一边聊,很快他的全吃完了,他问她还要吃什么?她点点头。“那就再来两份排骨吧!”他吩咐服务员。她看着他,没有说话。

婚姻从来就不是一个世界。一个对自己的喜好毫无节制,却对别人的喜好不闻不问的人,或许可以做朋友但绝不可能相拥相依。她静静地说。

她开始怀念和男人在一起的日子,从此以后,她每天下了班,就早早回家。因为她知道,家里有个男人在等她,还有一桌充满爱的晚餐在等着她。她也知道:

幸福的婚姻,或许没有刻骨铭心但它从来就是真实的,也是令人感动的。因为感动,所以有爱,因为有爱,才有相伴一生的责任和义务啊!

每一段坚持都是深爱

2000年，女人离家到了这个小学校，两间简陋的教室，一百多名学生。那时的女人，正风华正茂，女人待了一个月就想离开。她想回家，在这里，她甚至没吃上一顿肉。为了改善生活，她只能背起锄头，在山上挖些不知名的野菜。

男人是这个学校的第二名教师，男人就住在旁边，或者说与女人只有一帘之隔。晨曦里，男人很早就出去了，村子里有条河，男人每次都要去那里接学生。女人很想趁这个时候偷偷离开，但每次都在犹豫，因为孩子，因为男人每天都和她重复的一句话："看，那些孩子多可爱。"

是真的可爱。女人的床边，每天都摆放着一束鲜花，女人甚至不知道是谁送的，一问，大家都笑嘻嘻地跑开，男人说："在大山里，鲜花是送给客人最尊贵的礼物。"男人回来的时候，给女人带了一把板栗。女人的眼睛湿润了，她望着男人离去的身影，久久没有移开。

女人对男人的感觉，只有感激。男人是个真男人，为了不让刚成立两年的私立小学倒闭,他放弃了去沿海打工的机会,毅然接过了教鞭。

以后的每天早上,女人睁开眼睛,都能看到桌子上的一把板栗或者一个红薯。那时候,山村里很穷,大家都没好日子过,女人找到男人说:“赵老师,你也不容易,一个人带6个班,你应该多吃点。”他笑笑,说:“大山里不像城里,没有馒头牛奶,这几个月,委屈你了,如果你愿意的话,以后可能还要委屈下去。”女人就是这样被感动的。

结婚后的日子,依然清苦,最艰苦的那段日子,男人想出去打工,但他又放不下,提着包裹,在孩子们泪水潋潋的期待里,从容转身。

灾难说来就来,没有任何前兆。男人去接学生的时候突然就晕倒了,高烧不退,老人们建议去医院检查,但为了不耽误学生的学业,男人坚持让女人在家里给自己输液。男人说,孩子们要紧。当然,这些都无济于事。男人再次昏迷,被紧急送往医院。

夜里,男人紧紧抓住女人的手,男人说,你一定要通知李校长安排老师去上课,别耽误了孩子们。

是急性白血病。医疗费用大概在40～50万元。男人始终洋溢着不快,女人知道男人不是为了自己,挽着男人的手,女人轻轻说:“要不,我回家吧?”男人低着头:“你不怪我?”女人说:“不怪你,我知道你的心中只有孩子。”男人不说话,眼里只有泪水。

后来,不断有人捐款,《南方日报》还迅速刊载了男人的事迹,一场“传递山村学校薪火,援助白血病老师”的行动迅速在南方城市展开。男人真想回家,但孩子们不许,老校长不许,县长也不允许。男人只好说:“要是老师不愿意去顶替我的位置,就拿下半学期的工资作为补贴。”

在男人住的医院里,不少热心的市民自发来看望,也不断有学校的信息传送过来,知道孩子们有课上,男人的心才彻底平静下来。这是一个真实的故事,男主人的名字叫赵鹏,他和妻子在只有两个老师的学校坚守了 9 年。

男人是微笑着走上手术台的,男人进病房前的最后一句话是:“我希望能马上康复,尽快回到自己的工作岗位。”所有的人都被这句话深深震撼了,连同他微笑的表情,因为大家都知道,那种微笑,那种坚守,才是世界上最深入骨髓的幸福。

压在石柱下的爱

大地震动的时候，男人和女人正在厂房里搬东西。男人忽然大喊一声，快跑！地震来了。男人拖着女人的手往外面跑，女人突然一把扯开了，女人说，我的包还在桌子上，里面有80元钱，那可是为我女儿治病的钱。男人喊，再不跑就没有活的机会了。女人这才止了步，但他们还没有跑到门口，就听见“轰”的一声，房屋倒塌了。

这是个漆黑的夜晚，四周静寂无声，男人在东头喊，贵芬，你还在不？没有声音。男人急了，继续喊，贵芬！西头传来一个虚弱的声音，我在这，石柱压着我了。

男人说我也是，你移移，看移得动不。女人说，不行，移不动，大哥，我好怕，我们会不会这样死去？男人说，你瞎讲什么？很快就会有人来救我们的。

一阵沉默之后，女人说，大哥，我好痛，留了好多血，我好想喝水。男人说，你忍忍，很快就有人来救我们了。男人试图推开沉重的石柱，但一次又一次失败了。女人说，外面发生火灾了。

男人扭头去看,隐约看见外面一片通红。

女人说,为什么听不见人说话呢,是不是他们也像我们一样快要死去了。顿了顿又说,这个城市似乎都塌了,我们都出不去了。男人说,你莫这样想,等天亮了,有人发现这里塌了,就会来救我们了。女人于是等着天亮。女人忽然觉得夜好长,而自己好痛。女人哭了起来,女人说,我女儿也不知是生是死,说不准她一个人正哭着到处找我呢。女人又说,我真的不想死,我答应了我女儿,我要为她治好眼睛。男人不说话,只是叹气。女人说,大哥,你在想什么呢?男人说,我们都不会死的。你先睡会吧,等你醒来的时候,说不定都已经躺在自己的床上了。女人说,大哥,你能给我讲个故事吗?我怕一闭上眼,就醒不来了。

……

女人醒来的时候,天早已经亮了,她抬头看了一下,发现整座房子都变成了一座废墟,男人就在他不远的地方,侧着脸看着她,还好,很庆幸我们还活着,你饿了吧?

恩,女人稍微点点头。男人一只手伸开,手心里有个黑色的馒头,男人说,这是我刚才发现的,你吃吧。男人递了过去,可男人的手不够长,女人也伸长了手,可还不够,那只馒头就停在她身边不远的地方。女人艰难地想挪动身体,男人说,你旁边有根棍子,你把它捡起来,再试试。女人便用棍子把馒头挑了起来。女人说,大哥你不饿么?男人笑了笑,我不饿,昨天的还没有消化完呢。女人也笑了,女人三口两口就把包子吃完了,男人趁女人不注意,偷偷在地上舔了舔。男人实在太饿了。女人说,大哥,我怎么感觉这个城市里面没有活人了呢。男人说了两个字,地震！

转眼到了下午，女人开始焦急了，大哥，怎么到现在都没有看到人啊。男人叹了口气，估计不会来人了。女人泪眼婆娑地对男人说，可是我不想死啊，我还这么年轻。男人叹着气，女人就问，大哥，你怎么老是叹气啊。男人说，不知道我那个80岁的老母亲还在不在？女人不说话了，女人也惦记着家里的那个孩子。女人说，我们该怎么出去啊。沉吟了一会，男人问女人，你真的想出去。女人说是的，只要能活着出去，下辈子就算为你做牛做马，我也愿意。男人说，可我们之间只有一个能走出去。女人看着男人，低声说，我答应了我女儿，要为她治病的。男人叹了口气说："我也不求别的，只是家中还有一个80岁的老母，若是她还健在，烦你代我照顾。"女人说："好。"男人说："你这样胡乱推是不行的。我喊三二一，喊到一时，咱们一齐使劲，你把柱子往我这边推，这样你那头便能推出空隙来了。"男人开始喊，喊到三，女人便使劲把柱子往男人这头推，男人也在用力，慢慢地柱子这头翘出来一点空隙，男人说，继续推，往我这边推。女人铆足了劲地推，那一刻，她像一个伟大的艺术家。空隙大了起来，男人说，你快点爬出去，我快没有力气了。

女人挣扎着爬出来，再看男人时他脸上全是血，他试图将身体弯成一条蛇，但已经一丝力气都没有了，男人的身体完全透支给了女人。他微笑着永远离开了这个世界……

五　没有爱的春天会天黑

第一次流泪

那时，我刚从师范学校毕业，比我所教的学生大不了几岁。望着教室里一双双充满渴望的眼睛，我暗暗下决心一定要把他们教好。说心里话，我喜欢教师这个职业，每当听到有人说教师是太阳底下最光辉的职业时，我心里就无比自豪。我想，通过我的努力，我的学生一定都能快乐、健康地成长。

我到书店里精心挑选了几本教案回来，认真地备好每一堂课。课上的讲解精彩纷呈，课下我就在学生中穿梭，对不懂的知识点再次耐心地讲解，放学后我又对自愿留下来的学生进行系统的辅导。对此，我乐此不疲。

很快，第一单元就教完了，我决定进行一次测验。在我的想象中，学生应该都会考得很好，因为我付出了许多心血啊，我相信一分汗水一分收获。但事与愿违。当我耐心地看完所有的试卷，我傻了。“天啊，三十三张试卷，不及格的竟然有二十六个，这怎么可能？”我的心中无比的沉痛，就像有一块巨石紧紧地压着我，令我无法自由地呼吸。

那一天放学时，窗外飘着霏霏细雨，我在教室里分发试卷。我只是念着名字，不敢报分数，因为我怕心里压抑的痛会浮上来，令我无法自抑。一个个同学上来了，又下去了，他们的表情也和我一样的苍白。面对如此糟糕的考试成绩，教室里鸦雀无声。

发完试卷，我总觉得要说点什么。我开口了："同学们，我实在不知道该怎么评价这一次考试，我很失望，真的很失望，费了那么多的心血，没料到结果会是这样。"说着说着，我觉得鼻子猛地一酸，接着便有一种湿湿的东西滚了出来。我长长地舒了一口气，想极力压抑着。但我越是想忍，就越觉得伤心，情感已似开闸的洪水无法阻挡。顷刻间，我变成了一个泪人。教室里迅速弥漫着一种悲伤的气氛。学生们也被感染了，纷纷哭了起来，只一分钟的光景，教室里便成了泪的海洋。

我哽咽着说："同学们，放学吧，老师没本事再教你们啦。"说完，我匆匆逃出了教室，跑进自己的房间，猛地把门带上。我想逃避，想大声发泄，因为我是个无用的人，我哪有资格为人师啊！很快就有人敲门。我抹了一把脸去开门，门外站着一群学生，他们的脸上还隐现着泪痕。

"老师，是我们错了。"一个同学说完，后面的同学又齐声重复着。

我的心被深深地震动了，多么懂事的孩子啊，可错的不是你们，而是我啊，我对自己说。

"老师，求求你，不要不理我们，我们考得不好，但我们会更加努力学习的，请您相信我们。"一个同学说。

“老师,我们这个班底子很差,上学期末就只有3个及格。这次我得了50分,比上学期进步多了。”一个同学说。

“老师,您是我们遇上的最好的老师。我们会好好学习的……”先是一个同学说,接着是一群同学跟着重复。

望着一张张纯洁的面孔,我的眼睛再次湿润了。我还能说些什么呢,我唯有紧紧地抱住他们。我想,我不会离开他们的,这次考得不好,还可以重新再来。只要掌握正确的方法,我相信一定能成功的。

这是我人生的第一次流泪,至今想起,心中依然温暖。

一纸“情书”

那一年，我分到宣汉二中教初二。接管这个班之前就有位老教师郑重其事地告诫我，这个班是个乱班，上一个班主任就是被气走的，你可要小心点啊。我紧绷着脸说：“您放心，我可不是等闲之辈。谁敢跟我玩小把戏，我一定让他绝不好受的。”

接受老教师的告诫，我一接手马上就对这个班进行了大刀阔斧的改革。

也许是学生们见我不好惹，开学一个月来大家都平安相处着，也没有什么“特别”的事情发生。那天，在周会课上，我正在总结上一个月的学习情况。然而就在我的眼皮底下，同桌的一男一女却搞起了小动作。我瞪了他们一眼，但他们依然还是我行我素。我火了，快步走到他们跟前，喝道：“你们在做什么！”女生慌忙把一个小纸条捏在手心里，男生一脸通红。我气恼地抓住女生的手大声嚷：“什么东西，给我看看。”“没什么，老师，没什么的。”女生连连摇头，语气极不自然。

我重重地哼了一声，说：“没什么就拿给大家看看！”女生脸憋得满脸通红。在我的强硬要求下,女生只得摊开手心,我急忙拿起一看,上面写满了密密麻麻的字迹,还是用两种不同的笔写的。敢情这两个同学从一上课起就没安稳过,不行,我非得好好教训这两个写情书的家伙。

我马上让学生自习课文,把他们带进办公室。关上门,我的语气缓和了些:“到底是怎么回事?”女生嗫嚅着:“是他,是他写给我的。”

“老师,我们真没干什么,那张纸上的内容也不是我写的。”男生颤颤地说。

“哼,不是你写的,难道是我写的不成?”我本来想好好和他们谈谈,可没想到他居然抵赖。生平我最恨的就是说谎的学生。想起了那个老师告诫的话,我没有再理睬他们,把他们扔在了办公室,去继续上课。待下课回来的时候,他们便不见了,我想,走了也好,这样的学生我是管教不了的。

下午第五节课的时候,两个学生的家长便匆匆来了。跟我说了很多对不起的话,又责令他们写了书面检查,这样,一纸情书的事件总算告一段落。

晚上备课的时候,忽然有人敲门。我打开门,愣住了。外面站了五六个学生,每人都拿着手电筒,领头的居然是我在课堂上严厉批评的那两个学生,手里面提着一个生日蛋糕。

“老师,您知道今天是什么日子吗?”男生鼓起勇气说。

“什么日子?”我一脸迷糊。

“今天,是您的生日啊。”男生说。

我猛地一拍脑袋,这才想起今天是农历 8 月 20 日,是我 20

岁的生日。长这么大,我还没好好过生日,本来打算这一次喊一些同学来好好庆祝一番,但工作上的事一忙起来,便忘了。

我忙把他们客客气气地请进来。

女生哽咽着说:"老师,我知道是我们不对。可是我们在纸上写的就是想如何庆祝您的生日。而那张纸是他捡的。"

我赶紧去抽屉里翻到那张纸,看着看着,我的眼睛蒙眬了。多好的孩子啊,我在心里深深感叹,虽然我不知道他们是通过何种途径打听到我的生日的,但是他们为了能给我一个惊喜,竟然忍了那么多委屈,也不替自己解释清楚。是我错怪了他们啊!

我紧紧地握着那两个孩子的说,说:"孩子们,是我对不住你们啊……"话未说完,两行热泪就挂在了腮上。

那一夜我们就像熟悉多年的朋友一样,谈了很久很久……

除夕夜

10年前，外公因破伤风去世，遵从他的遗愿，将他与他的父母一起葬在了村口的公墓里。每年清明和除夕我们都会去外公的墓前祭拜，借以表达对先人的怀念之情。在我幼小的心里，感觉到失去了外公，就失去了为人处事的靠山，天塌地陷的丧亲之痛、离别之苦，在外工作的这几年，尤为清晰，我常怀念外公的恩德，感谢外公教会了我们怎样生活，教会了我们怎样做人。

今年我带着女友回到了阔别三年的家乡，不知为何，离家愈近，对外公的思念之情，愈益加重，进家的刹那就迫不及待地想去祭拜外公。

外公墓前的那株腊梅花已经谢了，地上一片落花。我怜惜地扫起它们，倒在了腊梅的根上，然后就在祖上、外公的墓前默默徘徊着，一圈又一圈，一圈又一圈，任凭无法排遣的思绪无边无际地漫开来，任凭激情的热泪夺眶而出，可外公却不能为我擦泪了，也不能背着我翻过那一重又一重的高山了。外公永远离开了我们，我再也见不到外公和善的笑容了，再也听不到外公亲切的教诲了，此时此刻，只感受到身心融入新鲜的泥土，外公那呼唤我的声音在空旷的山野里飘散着，在这宇宙之间，还有什么能阻隔这种声音的传播呢。

落日带走了光明，天地间塞满墨汁浸透的麻团。夜从没有这么黑过。辛苦了一年的乡亲们围着火堆，尽情享受着除夕夜的温馨和浪漫，可我们没有离去，好几年没来看外公了，我舍不得走。

我们在外公的坟前坐下来，我让女友喊“外公”，先和他老人家打声招呼，然后我为外公倒了杯酒，外公生前喜欢喝酒，但由于家里穷，每次都是去灌工业酒精，这次我带来了国内最好的酒五粮液。我自己也倒了杯酒，在女友点燃的鞭炮声中一口饮尽。在火光中，我看见这座青纱帐的房子里飘起了淡淡的烟雾，而外公就静静地躺在里面，面容慈祥、安康。我们就坐在他的身旁，跟他挨得很近，就像平常围在他身边一样。忽然，外公坐了起来，轻轻揽着我：“瞧你，这么大了还哭，还像个小孩子一样……”如同年少时我在外面受了委屈跑回来诉苦，外公拍去我身上的泥土，为我系好扣子：“没事了，不要再生气了，一个巴掌拍不响，多想想自己的不对，你就坦荡了。”说实话，这话当时不是太中听，但后来一想还是觉得蛮有道理的。尤其是今天这个全家团圆的日子里更为真切，我不由得再往前挪挪，我要把这几年憋在心里的话全都说出来，我相信外公能听得到，我永远都相信……

难眠的除夕夜，只有那些刻骨铭心的记忆，漂浮在空旷的脑海里。小时候，父母去城里打工，我就住在外公家。可以说外公就是我的启蒙老师。外公为人厚道、热情，谁家有什么困难，他总是第一个去支援。外公常教导我:“人嘛,就这么一辈子,能帮人处尽量帮。”外公这种为人处世的态度赢得了村里人的尊敬和爱戴,不管谁家有了喜事,外公永远是座上宾,村里要开什么会议,也都免不了要咨询外公一番。外公家有一亩田,当初父亲劝他把田让给别人来做,外公说什么也不肯,外公说:“人活着不干事,那还是个人么?”外公跟我讲“孟母三迁”,外公跟我讲“三字经”,外公的启蒙教育,我牢记在心,并以外公作为生活的榜样。外公不止一次教导我们从小要诚实,不是自己的东西不要拿,要坐得正,走得稳。闲暇的时候,外公在家旁边开辟了一块菜园,外公白天在里面忙碌,晚上则教我读唐诗,教我们学会劳动、学会学习。外公还鼓励舅舅做生意,舅舅开始时贩鸡蛋卖,后来在外公的鼓励下舅舅游乡卖烟,外公的鼓励让舅舅一家过上了较为殷实的生活。

我 10 岁时开始离开爷爷独自一人到离家 50 里外的县中学读书,外公每周都会看我一次,每次都是走路来,外公舍不得花钱,可是我要买什么学习用品,外公却毫不犹豫地给钱催我去买。我时常为自己拥有慈祥、热情的外公而自豪。别看外公是个农民,他懂得的东西还真不少,改革开放后不久,县里的大专院校要在我们村建个分校,要征收土地,开始乡亲们嫌便宜了,不肯签字,外公看得远,就一家一家地去劝说,外公说:“学校建起来了,还少得了大家的好处么?食堂、寝室、餐饮那可以解决多少人的就业问题啊!”外公的话最终打动了大伙的心,事后证明大家的选择是正确的。

外公爱好广泛,一生喜欢读书,虽然由于历史的原因,只上过小学，但外公对书还是孜孜不倦的喜爱。回想起来，外公除了帮助邻里乡亲外，他还带头做了三件善事。一是带人修好了村里的水渠。家门口的那条水渠因年久失修，每到夏天，瘦弱的水渠经受不住暴涨的河水，经常溃堤。一眼望去，到处都是白花花的一片，可乡亲们只是望着，谁也没有动手，也许农村里的人就是这样，不论做什么事情，总得有个牵头的人，外公就愿意做这种人。还没有等到暴雨停下来，外公就背着锄头出发了，什么也没有披，就光着胸膛出发了，外公忙着去田里导水，大家先是观望着，后来不知谁喊了声“大家上啊”，接着从各家屋子里冲出一个个赤胸裸背的男人。第二天，外公趁热打铁号召村里 100 多名青壮年男子去修水渠。二是外公认为，再穷也不能穷教育，再苦也不能苦孩子，当外公看到我们村的孩子不得不到 10 多里外的下水村去读小学时，外公便开始和村长策划修建一所自己的小学。经过多方联系，拿到了三万块钱的助学资金，再加上村里的自愿捐款，学校终于建起来了。三是在外公人生的最后一年，他带领大家把村里的那条泥巴路换成了沥青路。

可谁也没有想到，身体强健预料能活上百岁的外公，却因为在帮人家忙时被打红薯的机器弄伤了手而不在意，突患破伤风去世，享年 60 岁。噩耗传来，亲人们都不甚悲戚，外公出殡那天，前来送行的乡亲更是络绎不绝。外公这辈子都在帮人，没有一丝后悔，连他最后的遗言都是叮嘱我们要以身作则，清清白白、踏踏实实为人……

二婶

远在湖南老家的表哥打来电话，说他要结婚了，叫我无论如何得参加她的婚礼。表哥对我一直以来照顾有加，这个情面我肯定得给，何况在外漂泊这么多年，我都没有时间回家，也不知父母到底过得怎样了，心里好想回家看看。

出发的时候，我给表哥打了个电话，表哥说他来火车站接我，我说不用了，你肯定很忙，我还认得路。我打算回家先看看父母再去表哥家。

进了小区，远远地就看见门口的大槐树下伫立着一个人。走近细看，是邻居二婶，几年不见，她明显老了，憔悴了。

我叫了声“二婶”，她从怀里掏出块手巾，使劲揉揉，把眼泪都弄出来了，又擦擦，向我端详着，我又喊了声，她脸上顿时布满喜悦，说豹子啊，你才回来啊，你妈妈盼你都盼得望眼欲穿了。我点点头，问母亲身体还好不？二婶笑了笑，说，还好，身子骨结实，比我强多了。她向前挪了几步，也许是不甚小心，脚步一拐，人直往我这边倒，我赶紧扶住，她的手很粗糙，冰凉，像块腐朽的槐树皮,脸上的肌肉明显萎缩了,眼睛也深深内陷着。一件破烂的皮袄满是青一块紫一块的补丁,积满了灰尘。

我说这么冷的天,您老在外面干什么?她摇摇头说,习惯了,不来这里看看,觉得心里不踏实。

我忽然想起她两个儿子都在外面打工,上次和他们联系,说是 12 月回来,我就问,小马和小赛呢?回来没有?

她摇摇头说就是没有回来才放心不下啊,都过了这么久了,连电话都没一个。我说也许临时有事,您老放心,都那么大了,他们懂得照顾自己。

二婶摇摇头说,我一天不见人,我的心一天放不下啊。说着,踮起脚往远方望了望。远远的有几个背包的汉子过来了,她使劲揉揉眼睛,看清不是小马他们,脸上便挂着浓浓的失望,我劝说,二婶,回家吧,都这么晚了,外头凉着呢。

她说回吧,我便扶着她往回走,可她还是三步两回头地往回张望着,到了家门口,忍不住叹口气说,看来今天是不会回来了。我说,我有他们的电话,我帮您问问。

二婶说电话一定很贵吧,还是不要打了,我等就是了。

我说没事,从袋里拿出手机拨小马的手机号,提示说关机,拨小张的手机号,提示说因欠费已停机,我耸耸肩,对满脸期望的二婶说,打不通,应该在忙吧。

二婶"哦"了一声,回头朝自己家走,我望着她渐渐离去的背影,忽然悲从心生,想起小时候,母亲每天做完饭也是在门口的那棵大槐树下等我们回来;想起离家在外的这几年,为了工作,每次说是要回来,临时有了新的安排,只好狠下心肠说不回来了，我想我的母亲也是像二婶一样，每天早早地在村口等，每次却怀着深深的失望回家；想起小时候，母亲病了，在医院里住着，我们兄弟俩做完饭，也是在村口等着母亲的平安回来。

小区门口的那棵大槐树，寄托了多少人的等待与希望啊。

我想：亲人间的翘首期盼以及那份细微的关照往往是说不完，道不明的，也正是这些关照和期盼才形成一个家。

回到家，自然免不了一番寒暄，母亲偶然间提起二婶，叹着气说，真不知这两个孩子在干什么，就算忙，也应该说一声，让二婶天天这样等下去，不是个办法啊。我说，我联系联系他们，不能老让自己的母亲这样苦等着，那也是不孝。我掏出手机，打了好久却都没打通。

第二天起来的时候，表哥打电话来，让我们马上过去，母亲不想去，她说要看家，母亲说话的时候瞅着二婶的家，我自然懂得她的意思，年老的二婶，在没有得到亲人消息的时候，那份心灵深处的煎熬是最难受的，母亲想去陪陪她。我不再坚持了，一个人往表哥家走。经过村口时，我又看见二婶正依偎着老槐树翘首盼望，我走上去，轻轻喊了声，说，还在望儿子？

二婶的脸上挂着淡淡的泪痕，想必是昨晚思念儿子太痛苦了的缘故，二婶侧过头来说，也不知道他们出发了没有？我回答说，都大人了，他们懂得照顾自己，您老先回去吧。二婶摇摇头说，回去又怎样，还不是照样着急，待在这里最起码还有一丝希望。我说，我有个朋友在小马那边，我帮你问问。二婶说真的么？我点点头说，晚上我给你答复。

辞别了二婶，我刚走进表哥家，表哥便让我去接亲，又让我陪客,一瓶白酒下来,我早醉得不省人事,到了第二天早上醒来时,头还有点晕。本想回去,表哥说什么也不放,说什么你出去都5年了,才见你这么一次,总得待两天吧。说什么凭我们的关系,我请你帮我招呼客人,总行吧。缠了半天,我只好答应留下来,这一待就是两天。

我忽然想起要帮二婶的事,本来是躺在床上的,立刻像绷紧了弦似的坐起来,先拨他们两兄弟的手机,照样还是打不通,我又拨通我朋友的电话,接通了,我整个人跟着也轻松起来,朋友吃惊地问我他们还没有回家么?都出发一周了。刚落下的心又悬起来了,按理搭火车回来,就算最慢也只需要三天的行程,难道路上出意外了?我不敢再想下去。下午,我说要回去,正好母亲也打电话过来,说是二婶正等我的消息,表哥这才肯放我走。

回到家,穿着一件破棉袄的二婶正坐在家里和母亲闲聊着,见我回来马上站起来说,豹子,他们回来了么?

我说,您老放心,正在路上呢。我看着二婶紧张的神情缓和了许多,我不知道说什么才好,只有在心里默默地祷告,祷告着他们一路平安。

二婶坐了会,走开了,母亲问我,我看你神情不对,他们是不是出什么事情了。我说,我问过人了,他们都出发一周了,但愿路上不要出什么事情。母亲的脸色一下就凝重了,望了望我,又望了望门外,隔了好半晌才吐出一句话,你不应该瞒你二婶的,那样只会让她更伤心。

吃了晚饭,母亲让我去看看二婶,二婶正在整理着屋子,见我来了连忙倒茶,装烟,二婶笑着说,人不回来,总觉得少了点什么。又指着灶台上的腊鱼腊肉说，小马喜欢吃这个，我做了20斤，小赛喜欢吃新鲜的，我就买了一些放在水缸里养着。我想了想，还是没有告诉二婶实情，我想再等几天吧，也许小马他们就回来了。

很快两天过去了，小马他们还是没有任何消息，母亲和我都急了，二婶也不停地过来，我知道她是有事要问，母亲告诉我二婶昨天在村口站了一天，我说我再去问问。正说着时，二婶一脸苍白地走进来，我喊了声“二婶”，二婶搓了搓手说，豹子，能不能麻烦你再给我打个电话。我点点头，二婶又从兜里摸了好久摸出一沓钞票，挑了张十块的递过来说，我知道长途很贵，这点钱，不知道够不够。

我说不用了，我还不缺这点钱。二婶说那不行，我不能老是让你吃亏啊。二婶硬是把钱塞到我手里，我又把它塞回去，二婶又塞回来，我急了，二婶你再这样，可就把我当外人看了。二婶不动了，母亲搬条凳子过来，二婶坐下来说，豹子啊，看来二婶这些年没有白疼你。

我说那当然了，小时候母亲生病住院的那段日子，多蒙您的照顾，别人说滴水之恩，当涌泉相报，我还不是那种忘恩负义的人。一席话说得母亲和二婶都笑了。二婶说都过了这么多年，亏你还记得。

正说着，我的电话响了，一看是朋友的号码，我连忙接了，朋友告诉我，小马出事情了，我听着听着心就凉了。原来小马他们两兄弟正准备回去的时候，在火车站遇到了他们打工的老板，那老板每次都信誓旦旦地说保证给工资，但都拖欠了快6个月了，最近干脆躲起来不见人。

小马立刻让小赛回去喊工人，自己则悄悄地跟踪。在老板的豪华别墅里，一百多个工人涌进来，团团地将老板围住。老板见势不妙，喊了很多穿黑色衣服的人过来，有个工人威胁着再不给工资，就跳楼，老板摸出把刀子来就朝工人刺去，小马在旁边看得真切，眼疾手快地抱住老板，工人得救了，小马却倒在了血泊中。我急问，人怎么样？朋友说幸亏没有性命之忧。我又问，那么小赛呢？朋友说，小赛喊工人回来的时候在火车站看见有人抢劫，就上了，在和歹徒搏斗中也受伤了，知道你着急，我刚得到消息就马上通知你了。

我心中释然了，难怪那么久都没有他们回来的消息。我看了看二婶，她脸上挂满了泪水，我不知道如何安慰。母亲也跟着欷歔起来。

过了半晌，二婶长嘘了一口气，我说，二婶，您有什么话就说吧，不要憋在心里。二婶很平静地说，我一点都不难过，相反，我为有这两个好儿子而骄傲，我只是想去看看，但我的身体又不容许我这么做。

母亲说，其实这些年来，豹子一直把你当成自己的亲娘，如果你信得过，就让豹子代你去吧。

我点点头说，那好，我收拾一下，下午就出发。下午我去买了票，是晚上 7 点的车。

二老坚持要我送我一程，到了村口，我说，就到这里吧，外头冷。母亲说你自己小心点，到了那里记得打个电话回来，免得我们担心。

我应了一声说，如果情况允许的话，我会把他们带回来。

二老开始往回走，她们的身影很快融入绵绵的暮色中，仿佛移动着的两个墨点，渐行渐远。我的泪忍不住流了下来……

瞎子娘

不管是逢年还是过节，只要回老家，我都到瞎子娘的坟上去磕头和忏悔。

我与瞎子娘之间有个永远化不开的结。

瞎子娘并非我的母亲，只是大家都这么叫，我也就跟着叫顺口了。小时候我经常去她家里玩，瞎子娘对我很好，把我当成她的儿子一般疼爱。那时，我家里穷，一年半载都吃不上肉，更别谈什么糖、玩具之类的奢侈品了，而这种奢望也只有在瞎子娘那里才能得到满足，每次去，我总能掏点什么东西回来。母亲不是太愿意我去，因为她知道瞎子娘家并不富裕，一张床四条板凳这就是她唯一的家产。瞎子娘的眼力也不是太好，这是不是和她早年被日本人抓去当细菌战的试验品有什么关系，就不得而知了。瞎子娘还有个儿子，却不知为什么失踪了，瞎子娘找了好多年都没有找到，也许她就是想从我们这群人身上寻找他对儿子的记忆吧。

如同所有小孩子一样，我去瞎子娘家去玩的目的，绝非是听她絮叨,虽然瞎子娘一见我到来,便很快把准备好的零食和玩具拿出来,我往往是拿了东西就走人,这时瞎子娘的眼里便流露出浓浓的失望,饶是如此,每次去她还是照样把准备好的东西拿出来招待我,照例我是要走的。我不知道瞎子娘为什么要这样,明知道孩子的心像漏斗,不断填充新的事物,然后一点也不可惜地淘汰掉不那么新颖的东西,可是她还是一次又一次取悦于我。现在想来,我真后悔自己没有心肝,瞎子娘对我这么忍让和呵护,我却不知道疼她,可是等我明白过来时,一切却已经晚了。

夏天是瞎子娘一年中最开心的时候,每个晚上她都要拿着一把破烂的扇子过来聊天,边喝着母亲倒的茶边天南地北地吹嘘,说到高兴处,豁开早已经脱落了牙齿的嘴巴笑起来,母亲也跟着笑,我也跟着笑。有时候聊着聊着也会触及伤心事,我想:一个母亲,如果能长期看到儿子的微笑就足够了,可是瞎子娘一生,和他儿子共处的时间仅仅才一个夏天,然后日本人来了,她被抓走了,儿子也失踪了。这是何等的伤悲和无奈,可是我不理解。接下来发生的一件事情让我更觉得愧疚。

那是 1995 年 8 月 30 日,我永远记得那一天,去学校交了学费,和伙伴们玩打仗的游戏,但我没有枪,只能抱着把木头枪笨拙地喊着,很快我便被勒令出了局。很自然地,我心里特想有一把属于自己的火枪,回来时,我费了好多口舌,甚至于还答应母亲,只要满足了我这个心愿,我在期末一定拿个名次回来。母亲才答应给我钱。后来我才知道,那钱是我母亲留着买高血压药的,为了照顾好儿子,母亲连她救命的钱也不要了,现在回想起来,我真是后悔死了。

我把钱放在袋子里，用手紧紧地捂着，急匆匆地往外面走，不知道是因为太兴奋还是太紧张，到了离家5里外的店面突然发现钱不在了。我的心一下子像被掏空了，脑袋里浑浑噩噩都不知道东南西北了，过了好久总算镇定下来，我开始仔细寻找，来回找了三遍都没有，我是彻底绝望了，心里一上一下地往回走，经过瞎子娘家的时候，突然发现她就站在四合院门口，正在张望着什么，我的心里忽然一动，快步走过去喊了声瞎子娘。

"是你啊，我都等你好久了。"瞎子娘兴奋地说。我的心一惊，瞎子娘等我干吗？

"先进去再说。"瞎子娘牵着我的手，往里面走。瞎子娘告诉我，他那个失散多年的儿子终于有消息了，说是明天会来见她。我好久都没有看见瞎子娘这么快乐地笑过了，瞎子娘说着说着，眼睛里满是泪水，但我知道那是幸福的和温馨的泪，一种盼望着与离散多年亲人相见的渴望，极大地感染着我，我甚至在心里浮现出一个场景：在一片充满希望的田野上，一个白发老人在那里远远地招手，而那铺天盖地的红正一点点地抹去大地上的苍白……

过了一会，瞎子娘说："你能帮我去买些吃的东西么？"

我点点头，瞎子娘从裤袋里慢慢摸出一个肮脏的手帕，层层揭开，露出一沓纸票，全是些一毛两毛的零钱，她仔细地，一张张地数着。数完了，她把钱递给我："随便买些东西。"

我接过钱，小心地放在袋子里，就在我出门的时候，心里突然冒出个念头来，我当时吓了一跳，我奇怪自己为什么会这么想，我努力地压制着，但我很快发现我的理智崩溃了。在商店里,我挑出两元钱让老板给我拿了把火枪。

说实话,在没买之前,我是那么的渴望,可一旦枪在手里了,心情却一点都轻松不起来。

回到家,母亲问我:“买到手枪了,咋还那么不高兴呢?”我不敢告诉母亲实情,我突然憎恨自己为什么要那么做,我觉得自己简直是在犯罪。心中想起瞎子娘对我的好,我深深自责了,我觉得对不起疼我爱我的瞎子娘,我把火枪收起来,我从心里对自己说,我不要做一个不乖的孩子,我要让瞎子娘明白,没有火枪,我照样能过得很好。

第二天大清早我便去了商店,说尽了好话,只是老板不肯退钱,万般无奈之下,我决定自己赚钱来还给瞎子娘,并且要向她如实坦白我的错误。正好开学那周不上课,我去了茶叶场,干了一周的活。周末那天中午,母亲突然来找我,说是瞎子娘快不行了,她想见我一面。听得我心都乱了,连忙跟着母亲往回跑,在路上我们俩都不说话,只是一个劲地赶路,进了村,却不敢迈步了,我顿时觉得全身都在抖擞着,跑过来的几只狗让我心里胆战心惊。我已经没有奢望了,只求能让我和瞎子娘说几句话,告诉她我知道错了。过了瞎子娘家附近的那座桥时,突然听到一声剧烈的巨响,我差点瘫痪在地上:瞎子娘已经过世了,只求能看她最后一眼了,然而当我跑进屋里时,我傻眼了:瞎子娘已经不在了,旁边一个年纪大的人说,瞎子娘是在中午脑溢血发作死去的,弥留之际一直都在喊我的名字,我强忍着泪,直往外面跑,当时我脑子里只有一个想法,我一定要赶上看瞎子娘最后一眼,哪怕是看一眼棺材也好。

往公墓跑的时候,我看见抬棺的人正在往回走,我的心彻底冷了。我知道我是赶不上看瞎子娘最后一眼了。

来到墓地,入眼是一堆新鲜的泥土,瞎子娘就静静地躺在里面,却再也不能陪我说话了,再也不能疼我爱我了。我扑过去,用手猛掏泥土,那一瞬间,我真想把我的瞎子娘挖出来陪我说说话,哪怕一句也行。我怨恨自己欺骗了她,也怨恨她为什么不等等我,听听我的忏悔。瞎子娘,我错了,可你知道吗！你的一生是那么苦,年轻时受尽了日本人的虐待,年老了终于找到了亲生的儿子,本来可以享享清福了,却又跌倒在病魔的摇篮里。泪流干,我安慰自己,瞎子娘,你好好休息吧,你对我的好,我会永远铭记于心的,我也会好好做个诚实的好人的。

落日带走了光明,黑夜送来满天的星星。乡村里的人也开始休息了,我却无法平静下来,我告诉母亲,我想去瞎子娘那里坐坐。以前她在的时候,我还不觉得,现在她不在了,总觉得生活中缺少了什么。母亲轻轻拍了拍我的肩膀,她知道瞎子娘一直把我当她的亲生儿子一般看待。

来到瞎子娘的坟前,我静静坐下,喊了声瞎子娘,我知道瞎子娘刚走,一个人很寂寞,我来陪陪她。我把从家里带来的晚饭放在瞎子娘的墓碑前,我想瞎子娘一定是饿了,都躺那么久了,瞎子娘不会觉得不舒服吧,以前你老是埋怨我不和你好好说话,现在我愿意了,可你永远都不能开口了。

起风了,夜幕一浪一浪地往前涌,周围都安静下来,瞎子娘静静地躺在里面,面色舒展,慈祥。第二天早上,我又来了,带来了给瞎子娘的早餐,母亲问我晚上你还去么？我点点头,我知道瞎子娘需要我，生的时候我没有好好尽孝道，死了我不能再愧对自己的良心，我不要做不乖的孩子。母亲告诉我，人死了都会变成鬼，听说前几天都会去亲人的梦里走一遭，你梦到过瞎子娘吗？我点点头，在潜意识里我并不相信瞎子娘已经走了，她还活着，她只是在这里好好躺着。

我一直这样认为，以后每一天我都会来这里陪瞎子娘说说话，我相信她能听得到，事实上我也感觉得到，在梦里我经常能看到瞎子娘忙碌的身影，我甚至还看到，瞎子娘摸着我的头说，孩子，知错就改就是好孩子！

我知道，瞎子娘将永远活在我的心中！

怀念爷爷

世上最深之爱，莫过于母亲无私的爱，而最纯之情，莫过于爷爷贴心的疼。

对于疾病，爷爷从来不放在心里，觉得只要忍忍就过去了，结果拖到最后，迫不得已去医院检查时，才得知已到了肝癌晚期。当时，爷爷不愿做手术，急得父亲在病床前做了两天两夜的思想工作，爷爷才勉强答应。想不到的是，手术20天后，看起来渐渐康复的爷爷却突然离我们而去。

爷爷出殡那天，父亲跟着长长的送葬队伍一路痛哭，而母亲早已哭得晕死过去。当天晚上，我一个人坐在爷爷墓前，沉浸在悲哀之中。辛苦了一辈子的爷爷，他把自己的生命奉献给了家庭和学校，就在他去世的前一天，还提笔为一个新建的希望小学写了一副对联，却不料那竟成了爷爷的绝笔。

爷爷当了一辈子的老师，他爱学生就像爱自己的儿女一般。平日里，爷爷总是早出晚归，一心扑在工作上，吃得也很简陋，红薯、馒头和辣椒萝卜就是他的一日三餐。奶奶不愿见爷爷如此不顾惜自己的身体，便常常让我给爷爷带饭去，可每次爷爷都把好吃的饭菜分给了班上穷苦的学生。爷爷说：“孩子们正是长身体的时候，营养不能落下，”接着他又悄悄地说，“回去后不要告诉你奶奶，免得她担心。”说实话，当时我极不理解爷爷，总觉得他工作已经够辛苦了，还要把自己的饭菜让给学生，未免太傻。临走时，我拿了爷爷办公室的几盒粉笔，爷爷知道后，将我狠狠地骂了一顿，责令我立刻送回学校，并向校长作了检讨。最后，爷爷拉着我的手语重心长地说：“娃子，记住，不属于自己的东西永远都不要拿，要堂堂正正地做人，知道不？”这是爷爷对我的启蒙教育，我将永远铭记于心。

爷爷住院时，不止一次告诫父母，不能让正在参加高考的我以及在外地求学的哥哥知道这件事，他怕影响我们。高考结束后，父亲把我接到医院。看着爷爷躺在病床上，我的眼泪不争气地涌了出来。爷爷拉着我的手说，“娃子，你一定要好好读书，将来长大了，好好照顾你的父母，他们操劳了一辈子，你要懂得孝顺。”末了，还叮嘱我道：“别告诉你哥哥，他在外求学，不要影响了他。”爷爷都已经病成这样了，可他心里惦记的仍是他的亲人。爷爷便是这样的人，他的一生，从来不曾为自己考虑，仿佛生的价值就是为了让别人能过得更好。没想到，在我离开爷爷病房后不久，爷爷就在病魔的肆虐下，合上了双眼。父亲告诉我，在爷爷弥留之际，他最大的心愿就是希望看到我的大学录取通知书。7 月底，父亲带着我，拿着酒和录取通知书来到爷爷的墓前，告诉爷爷这一消息。

过去，我总以为生的意义体现在显赫的位置和辉煌的业绩上，想想爷爷的一生，我才领悟到，那些平凡生活的人，那些实实在在用爱心阐释人生的人，也许更能够昭示生命的价值，爷爷一生没有大风大浪，也没有太多的精彩，他只是一个默默用欢笑浇灌岁月的平凡人，然而就在这日复一日的平常日子里，他却用他独立的人格，为我们耕耘着世界上一块最坚实的土地，也正是因为站在这块土地上，我们才有了今天向着高峰攀登的台阶。

没有爱的春天会天黑

姐姐说:“顺子,恭喜你打赢了官司,可是,没有爱的春天会天黑,你知道吗……”

一

拿到判决结果的那刻,我终于忍不住热泪盈眶。经历了这场6个月的官司,虽然我拿到了属于自己的那十万元,可是我还能快乐吗?没有了母亲,姐姐也远离我而去,偌大的一个家,只剩下孤零零的一个人。我忽然想,我到底是赢了还是彻彻底底地输了。

有敲门声,是姐夫余左平,想都不用想,他是来拿东西的。细雨中,他冷若冰霜:“邹小顺,把我的东西还给我。”我转身把电动车的钥匙给他,我嚷:“你再看看,还有什么,我不想再欠你什么。”余左平却说:“邹小顺,有些东西你一辈子都还不清,保重。”然后在我愤怒的眼光中扬长而去。

我从小就恨他。什么东西他都跟我抢,10岁,他跟我抢座位,12岁,他跟我抢班长的位置,20岁,他又跟我抢姐姐,而如今他甚至还想霸占那属于我的十万元。

对于他和姐姐的婚事，我是家里反应最激烈的。这个卑鄙又没读过多少书的小男人，有什么资格说能给姐姐一生的幸福。我哭过，闹过甚至自杀过。但姐姐还是毫不犹豫地跟他而去。

每次姐姐回来，试图和我说话，我总是冷漠地转过身去或者在她的叹息中慌不择路地逃走，其实我是盼望她能追来，但她没有，我的泪忍不住再次夺眶而出："姐姐，你终究是选择了不要我。"

那个黑色的春天，我把姐姐和姐夫都告上了法庭。

二

事情的缘由很简单。姐姐结婚后想去承包一个茶馆，但缺少资金。母亲把家里值钱的东西都抵押了，还差十万。母亲只好来找我，她拉着我的手说："顺子，我知道你这些年做生意，赚了不少钱，这样吧，你就当是妈向你借的。你姐也辛苦，多替她担当一点。"

其实，余左平之前是来找过我的，我没理他，但我不能不理母亲，最后一咬牙，借了十万。后来，姐姐也送了张借条过来。

再后来，我就恋爱了，那是我的第一次恋爱，我爱得如痴如醉。男友是个货车司机，其实我倒不挑剔他是做什么的，只要对我好，我就心满意足了。母亲却对我们的相恋持反对意见，她苦口婆心地劝我："顺子，你知道对方的底细吗，就这样把什么都给他了。将来你会后悔莫及的。"

也许是恋爱中的女子都是白痴，我表面上答应母亲和他尽量减少往来，但实际上，我把东西搬过去和他同居了。

他说，想回家去看看母亲，我二话不说给了他五百，他说他这个月跑的业务少，还亏了，我又给了他一千，让他去还别人的账。直到3个月后，我才知道。

他嗜赌。

在大家的反对声中，我们的爱已经是风雨飘摇了，何况他还在赌，我不禁想，这样的爱情还有未来么？

我没脸告诉别人，那段时间，我唯有终日以泪洗面，他一再向我保证，他会戒赌，他甚至跪下请求我的宽恕。他还说："顺子，我不开车了，我想去开个服装店，天天有事做了，又有你监督，我就没时间赌了。"一去打听，至少要十万。当时我已没做生意了，手头根本拿不出那么多资金。男友说："你姐姐不是还欠你的钱么？"

想到他能改邪归正，我心软了。

我去找姐，姐姐说："这钱不能给他，他是什么人？一个小混混，这样的男人能信么？"我没说话。余左平又说："是啊，听你姐姐的没错，顺子，你太单纯了，连好人与坏人也分不清。"我咬牙说："这是我的选择，我承担一切后果。"

但说破了嘴，姐姐都不肯给，最后我说："你要真不给，那我们就只好法庭上见了。"阳光下，母亲哭得肝肠寸断。

余左平说："顺子，为了一个不值得信任的男人，你要将你姐和我都告上法庭，值吗？"

我说值，为了我那心爱的男人。

三

但男友还是没能等到官司宣判，在我母亲住院的前一天，就悄悄地走了。从此,音讯全无。母亲说,她不怪我。但所有的人都知道,是我把母亲气出病来的。

23 岁那年春天,母亲走了。

我忽然想读书了。经过一年的准备,我考上了北京一所大学的研究生。读书的那几年,我没回过家,我也没脸回去。

只是偶尔在梦里想起母亲,她拉着我的手,一脸泪水:“孩子,我死不瞑目啊,你一定要回去看看,跟姐姐认错。你和你姐是我的孩子,手心手背都是肉,你叫我如何取舍?”

忽然想起小时候,我总是牵着姐姐的手走,或者干脆骑在姐姐的背上,姐姐说我就是她的活宝贝,这辈子,她都会保护我,不会让我受任何伤害。

我说真的吗?姐姐就跟我拉钩。在碧蓝的天空下,我的笑声如驼铃般响亮。

想得越多,思家的情结也就越重。研究生毕业后,我顺利拿到了去美国留学的指标,一切手续都已经办好,但就在出发的前一周,我突然回了家。

先去看母亲,才到山头上,我就听见一个熟悉的声音响起。是余左平,我一辈子都记得这个声音。

他跪在母亲的坟墓前,手里拿着一张相片。

“妈,我又来看您了,我知道您想顺子了,她一切都好。我去过她学校了,问了她的老师,她要去美国留学了,我打心里为她高兴。但我没脸见她,我又悄悄回来了。”

“妈,当年是我不好,我没处理好和她的关系,要不然她就不会告我们,您也不会气出病来……这些年来,我一直都不能原谅自己。”

余左平忽然把头扬了起来，像是和我说话，又像是自言自语：“顺子，你知道吗？其实你姐姐一直最爱的人是你，有些时候连我都妒忌。你交了那个男朋友后，你姐就去打听，当得知对方是个赌徒，你姐便去和他谈判，结果被毒打了一顿。所以当她知道他要借钱时，你姐宁肯被你冤枉也不愿意看你再深陷泥潭……顺子，你可知道你姐的苦么？其实，那笔钱，你姐早已以你的名字存下了……这三年来，你姐姐想你都快想疯了，她天天都在村口等着，日盼夜盼着你能回来。”

余左平说不下去了，我忽然疯狂地朝前跑着，泪洒了一地。余左平说得对，有些东西，我是一辈子都无法偿还的。

村口，一个瘦弱的身影朝公路上张望着。那是我姐么？

我哭着跑到她的身前，她先是怔了一下，然后大叫：“顺子，真的是你么？我以为再也见不到你了呢？”

我抱住姐的胳膊使劲哭，我说：“是的，姐，我回来了，我再也不走了。”

姐突然把我推开：“你不是要去美国留学的么？”我说：“我不去了，就算去了，没了爱，美国的春天都是黑的。”

姐拼命点头，沐浴在春风里，我感觉到浑身暖暖的。我搀扶着姐姐往回走。回头又看了山头一眼，我在心里说：“妈，你安息吧。我不会再离开姐姐了，这辈子，我都与她相拥相依！”